集英社オレンジ文庫

逃げられない男

～警視庁特殊能力係～

愁堂れな

本書は書き下ろしです。

CONTENTS

逃げられない男

警視庁特殊能力係

NIGERARENAI OTOKO

Rena Shuhdoh

1

「あ」

スマートフォンに新着メールの知らせが届いたため、画面を開いた麻生瞬《あそうしゅん》は、そこに懐かしい名を見出《みいだ》し思わず声を上げた。

「どうした？」

近くで指名手配犯のファイルをいつものように注意深く読み込んでいた彼の上司、徳永《とくなが》潤一郎《じゅんいちろう》が問いかけてくる。

「大原《おおはら》さんからです。さとうきびの収穫が今、佳境《かきょう》だそうですよ」

メールの送り主は、たった数日という短い期間ではあったが、ここ、警視庁刑事部捜査一課内にある部署『特殊能力係』で、徳永係長の部下として働いていた大原海《かい》だった。瞬にとっては同僚にあたる。

この『特殊能力係』は、指名手配犯の顔を覚え込み見つけ出すという『見当たり捜査』

に特化した係であり、『特殊能力』は数百人に上る指名手配犯の顔を『覚え込む』能力を指す。瞬は一度見た人間の顔なら忘れないという、まさに『特殊能力』の持ち主であるのだが、徳永は自らの努力により指名手配犯をすべて覚えていた。

一方、大原もまた『特殊能力』の持ち主だった。彼は人の顔に留まらず、目に入ったものをすべて映像、もしくは画像として記憶に刻むことができた。ただ覚えていられる期間はその日一日に限られる。目に入ったものすべてだとさすがに情報過多となり、頭がパンクしてしまうのかもしれない。

指名手配犯のファイルを毎朝見れば、その日一日は全員の顔を覚えていられるわけだから、見当たり捜査にも非常に有効な能力ではあった。が、過去にその能力を悪用せざるを得なかった事情から、脅迫《きょうはく》されて新たに不正を働きそうになったことにより、大原は警察官の職を辞し、今は沖縄で後継者不足に悩んでいたというさとうきび農園に身を寄せ、日々額に汗して働いている。

大原がその仕事を選んだのは、まずはまったく馴染《なじ》みのない沖縄という土地であれば自分の過去を知る人間もいまいと思ったのと、さとうきびの栽培《さいばい》は己の能力を封印して臨《のぞ》めるものだからであり、過去のしがらみから逃れ、新たな人生を充実して送っている様を、ときどきこうして瞬宛《あて》にメールで知らせてくるのだった。

瞬に送れば、徳永と共有するとわかっているためと思われる。瞬も、そして徳永も自分のことを案じているのが伝わっているからこそ、立派に立ち直り第二の人生を謳歌《おうか》していることを知らせねばと考えてくれているのだろう。それがわかるだけに、瞬は大原からメールが来るたび徳永に見せ、そのリアクションや、ときに彼宛のメッセージを返信している。

「そろそろ半年になるのか。さとうきびの収穫は春に行われるんだな」

徳永が興味深そうな声を出す。

「相変わらず真っ黒ですね。髪は少し伸びたかな」

添付されていた写真も見せる。警察官時代は、いかにもチャラそうに日焼けし、茶色に染めた髪を伸ばしていた大原は、辞めたあとに髪を短く切っていた。髪の伸びた分だけ歳月が流れているということになるが、今の彼の髪型は『チャラい』というよりは、切りに行く時間がないのがわかる無造作《むぞうさ》なものになっている。

「三枚目の写真は『パリピ』風ですよ」

写真は全部で三枚、添付されていた。畑で収穫前のさとうきびを背にしたもの、収穫したさとうきびを手に自撮りしたもの、そして三枚目は、今、彼が世話になっている老夫婦と共に写したものだった。

円形のケーキに蠟燭《ろうそく》が立っているところを見ると、老夫婦どちらかの誕生日らしい。武骨な老人と優しそうな老婆《ろうば》、そして大原の三人が楽しげに笑っている。

「いい『パーティ』だな」

瞬がほっこりしたように徳永もまた温かな気持ちを抱いたようで、微笑《ほほえ》んでそう言ったが、すぐに表情を引き締め瞬に声をかけてきた。

「そろそろ出るぞ。仕度《したく》はいいか？」

「あ、はい。すみません。すぐ出られます」

いつも職場である警視庁の地下二階の執務室を出発する時刻より、数分過ぎてしまっていた。瞬は慌てて返事をすると、スマートフォンをポケットに仕舞い、タオルで膨《ふく》らませたリュックを背に徳永のあとに続いて部屋を出たのだった。

今日の見当たり捜査の場所は、東京駅周辺となった。瞬が八重洲《やえす》中央口近辺を、徳永が丸ノ内《まるのうち》方面を担当し、昼前まで少しずつ場所を変えて通行人の中から指名手配犯を見つけ出すべく注意を払い続ける。

徳永が東京駅近辺を見当たり捜査の場に指定することはよくあった。東京駅から地方へと飛ぶ犯罪者は多いということだろう。瞬が『特能《とくのう》』に配属されて一年が過ぎたが、実際、東京駅近くで三名の指名手配犯を逮捕したことがある。

今日も見つけてみせる、と密かに拳を握り締め、瞬はひっきりなしに通る人々の顔を眺め続けた。彼の頭の中には、指名手配犯のファイルにある顔写真がすべて収められているが、それ以外にも今まで『見た』顔も記憶から消えないために、ときに少々混乱することもある。

あの初老の男は見たことがある、と緊張するも、すぐ、以前に見た逮捕者リストの中にいたと気づいて緊張を解く。刑期を終え出所したのだろう。指名手配犯の中にはいなかったと思い出し、視線を外そうとしたのだが、罪状が掏摸《すり》であったことを思い出したため、瞬は少しあとをつけてみることにした。

混雑する新幹線の切符売り場で、空席状況が映し出される画面を見上げているサラリーマンに、男が近づいていく。もしや、と瞬が見つめていると、元掏摸は瞬が予想したとおりの行動に出た。わざと男にぶつかっていったのである。

財布を掏《す》ったのではと、瞬は急いで、ぶつかったことをサラリーマンに詫《わ》びながら足早にその場を去ろうとする男に近づいていった。

「すみません、警察です」

声をかけた直後、男が、ぎょっとした顔となり走り出そうとする。その腕を摑《つか》んで背中で絞《し》め上げると男は、

「痛えなあ！　なんだよ、俺が何をしたっていうんだよ！」

と騒ぎ出した。周囲の人々が、興味深そうに足を止め、瞬と男を取り囲む。

「あなた！　財布、掏られていませんか？」

男を取り押さえながら瞬は、男にぶつかられたサラリーマンに向かいそう声をかけた。

「え？　私ですか？」

サラリーマンは戸惑った声を上げたものの、すぐに上着の内ポケットを探ると「あ！」

と高い声を上げる。

「ない！　財布がない！」

「お前が掏ったんだな？」

瞬が問い詰めると男はふて腐れたように黙り込んだ。騒ぎを聞きつけ、駅員が数名、駆け寄ってくる。かなりの人だかりができてしまったことに気づいた瞬は同時に、自分が相当目立ってしまっていることにも気づき、今更青ざめたのだった。

駅員に呼んでもらった警察官に掏摸を引き渡したあと、瞬は急いで徳永に連絡を入れた。

「申し訳ありません……」

電話を入れたときには徳永は既に、瞬が掏摸を現行犯逮捕したことを知っていた。見当たり捜査の場所の移動を告げられ、待ち合わせの地下鉄の駅に向かった瞬は、徳永の顔を見た瞬間、深く頭を下げた。

「何への謝罪だ？」

問い返してきた徳永の顔に笑みはない。縁無《ふちな》し眼鏡《めがね》の奥の瞳は笑っておらず、端整なその顔からはいかなる感情をも見出すことはできなかったものの、少なくとも上機嫌には見えない、と瞬は尚も頭を下げた。

「通行人の注目を集めてしまったことへの謝罪です。俺の顔を多くの人が覚えたかもしれません」

「そこは難しいところだ。目の前で犯罪が行われようとしているのを見過ごすことはできない。俺だって同じことをしただろう」

「あ……りがとうございます」

てっきり叱責《しっせき》されるものと思っていたため、瞬は戸惑った。それで礼を言うのが遅れたのだが、よほどきょとんとした顔になっていたのか、目の前で徳永が噴き出した。

「なんだ、その顔は」

「いえ、その、自分でも失態だと思っていたので……あの！」

実際、今後同じようなことがあったときには、どういう行動を取るのが正解なのだろう。それを確かめておかねばと、瞬は徳永の指示を仰《あお》ぐことにした。

「なんだ」

「元掏摸を見かけてあとを追ったのは、いいことだったんでしょうか。俺の仕事は見当たり捜査で、彼は指名手配犯ではありません」

「おそらく、何かしらの予感がしたんじゃないか？　いわゆる刑事の勘だ。それであとを追うことにしたんだろう」

「そうなんですかね」

自分でもよくわからない、と瞬が首を傾《かし》げると、徳永は珍しくも続けて噴き出しかけたが、それを誤魔化《ごまか》すように口元へと手をやりつつ、言葉を発する。

「刑事の仕事にマニュアルはない。臨機応変に動くことが求められる。常に神経を張り巡らせて任務に当たること。それが正解だ」

「はい。わかりました」

刑事の勘。自分に備わっているかは、自分では判断できない。もし備わっているとしたらこれほど嬉しいことはない。反省していたはずが今や瞬は嬉しさのあまり顔が笑いそうになっていた。

「午後からは新宿《しんじゅく》で張り込むぞ」

そんな瞬の浮かれた気持ちを見透かしたような厳しい口調で、徳永が指示を出す。

「はい！」

力強く返事をした瞬を見て徳永が満足そうに頷《うなず》く。声を抑える習慣を身につけたことも進歩だと思ってくれたらしい。そこでまた浮かれそうになる気持ちを引き締めると瞬は、午後こそ指名手配犯を見つけてみせると心に誓ったのだった。


結局、その日は見当たり捜査では成果を残すことができなかったが、新宿での業務終了後には、徳永に「このあと行くか」と誘われ、飲んで帰ることになった。

徳永が瞬を誘ってくれたのはどうやら、午前中の詐欺犯《さぎはん》の逮捕の慰労《いろう》のためらしかった。

「人の顔を覚えるという能力が見当たり捜査に役立つのは勿論《もちろん》のこと、通常の捜査にも充分役立つことが証明されたな」

しみじみした口調で徳永が言い出したとき、瞬はどうリアクションを取っていいのか迷い、固まってしまった。

瞬は警察学校を出てすぐのタイミングで特殊能力係に配属となった。言うまでもなく、見当たり捜査は、捜査一課の捜査の中でも『特殊』である。一人前の刑事になるには特殊なものばかりでなく、通常の捜査も経験することが必要と徳永は思ってくれているようで、瞬の将来についてはきちんと考えているので自分に任せてほしいと、以前告げてくれていた。

　まさか今日の件がきっかけになり、特能から異動することになったりして。それにはまだちょっと心の準備ができていない。

　まだまだ、徳永の下で勉強したい。いや『勉強』などと言えば怒られるだろうが、とにかく今は徳永の許で、自分の能力を最大限活《い》かせる見当たり捜査の仕事に邁進《まいしん》したい。それを伝えておかねばと居住まいを正し、瞬は徳永に訴えかけた。

「あの、今は見当たり捜査をもっと突き詰めたいです」

「え？」

　それを聞き、徳永は一瞬怪訝《けげん》そうな表情となったが、すぐに笑顔になり首を横に振った。

「ああ、別に異動の内示じゃないぞ。それにこっちも今、お前に異動されては困る。第一、まだ増員もされていないことだしな」

「……よかった……」

　瞬の口から思わず、安堵《あんど》の息が漏《も》れていた。と同時に『増員』という単語が気になり、徳永に問いかける。

「『まだ』ということは、今後増員は予定されているんですね」

「予定はある。特能は結果を出しているからな。しかし適任者がなかなか見つからない。能力的には適任であっても本人の希望もあるしな」

「なかなか、大原さんのような人はいないということですね」

生まれついての優れた記憶力の持ち主でなくてもいい。現に徳永は努力で指名手配犯のファイルをすべて覚え込んでいる。

その努力をしたいか否《いな》か。即《すなわ》ち、見当たり捜査専門の部署に配属されることを望むかどうかとなると、希望者はそういないのかもしれない、と瞬は今の徳永の言葉で、そういう事情ではないかと察することができた。

現在進行形の事件の捜査と、過去の事件の犯人を市井《しせい》で捜す見当たり捜査。どちらがしたいかと聞かれた場合、見当たり捜査と答える警察官はあまりいないということなのだろう。

大原は抜群《ばつぐん》の記憶力を持っている上に、特能への異動を希望した。それには理由があったのだが、それをさておいてもやはり彼のような適任者はそうそういないに違いない。

「……大原は……うん、惜しかったな」

徳永もまた、懐かしげな顔になる。が、すぐ、気持ちを切り換えたように微《かす》かに首を横に振ると、

「彼はもう、新しい人生を歩み出しているからな」

と、大原の話題をここで終わらせた。

その後はどうということのない話をしながらグラスを重ね、終電の時間に合わせて解散となった。

タクシーで帰る徳永を見送ったあと一人駅へと向かう間に、瞬の中に掏摸《すり》を現行犯逮捕したときの昂揚《こうよう》感が、酔いのせいか今更蘇《よみがえ》ってきた。

見当たり捜査の際、指名手配犯を逮捕するのは特能ではない。発見次第、すぐさま捜査一課に連絡を入れ、逮捕は彼らに任せる。

なので瞬が手錠《てじょう》をかけることはまずないのだが、今日は掏摸の逃亡を阻止《そし》し、この手で犯人を捕まえた。

自分自身の手で犯罪者を逮捕するというのはやはり達成感がある。いつしか立ち止まり、広げた己の掌《てのひら》を見やってしまっていた瞬だが、すぐ、終電に間に合わなくなると、慌てて駅へと向かい走り出したのだった。

「ただいま」

帰宅するとリビングに明かりがついていたので、てっきり同居人はまだ起きているものと思い、瞬は帰宅の挨拶《あいさつ》をするためリビングに顔を出した。

佐生は瞬の幼馴染《おさななじ》みであり、現在海外駐在に出ている瞬の両親と入れ違いに居候《いそうろう》となった。

明かりはついていた。が、同居人、佐生正史《せいし》はリビングのテーブルに突っ伏している。

「あれ？　佐生《さそう》、どうした？」


父親は有名な政治家だったが既に亡くなっており、大病院の院長をしている彼の叔父《おじ》が親代わりとなっている。叔父は佐生に病院を継がせたかったのだが、医大に進みながらも佐生には推理作家になりたいという夢があり、投稿を繰り返した結果、現在担当編集がつき、たまに短編が雑誌に載ることもある、という程度にその夢を叶えている。

医者にしたいという叔父とは長いこと冷戦状態ではあったのだが、ある事件をきっかけに和解し、医師免許を取得することを条件に、病院を継がなくてもいいという許可が下りた。

叔父と和解するまでは、医者になるつもりのなかった佐生は大学に通うこともなくなっていたのだが、約束は守らねばと真面目《まじめ》に授業に出るようになった。もともと親しくしていた学友との付き合いも復活したようで、たまに誘われて飲みに行くこともある。

そういえば今朝、合コンに行くと浮かれていたのではなかったか。その結果がこのありさまなのかと瞬は察し、労《いたわ》りの声をかけてやることにした。

「合コン、あまり楽しくなかったのかな？」

「あー、瞬、おかえり。楽しいも楽しくないも……ああ……」

どうやら佐生は泥酔《でいすい》しているようだった。ダイニングのテーブルにはビールの空き缶がいくつも転がっている。

「どうした？　嫌な思いでもしたのか？」

「嫌っていうか……うーん。嫌っていうかさあ」

ほぼ呂律《ろれつ》が回っていない状態の佐生は随分《ずいぶん》とつらそうに見えた。

「水、飲むか？」

「ありがとう。飲む」

取りに行く気力もないらしい、と、瞬は彼のかわりにキッチンの冷蔵庫へと向かい、中からミネラルウォーターのペットボトルを取り出す。

「ほら」

一つを佐生に差し出すと、またもテーブルに突っ伏していた佐生は顔を上げ、瞬からペットボトルを受け取った。

瞬もまたかなり酔っていたため、冷たい水は喉《のど》に心地よく、ほぼ一気に飲み干してしまう。

「瞬は？　徳永さんと飲んだのか？」

水を飲んで少し落ち着いたのか、佐生が瞬に問いかけてくる。

「ああ、新宿で」

「いいなあ。祝杯？」

「うん、まあ」

「見当たり捜査でまた指名手配犯を逮捕したんだ？」

「いや、見当たり捜査じゃなくて、掏摸《すり》を捕まえたんだ」

「へえ、掏摸！　凄《すご》いな」

佐生の顔がぱっと輝く。

「どうやって？　教えてくれよ」

小説のネタにしたいのかもしれないとわかりながらも瞬は、佐生の気持ちが上がるなら
と、掏摸逮捕のあらましを彼に語ってやった。

「すごいな。刑事ドラマみたいじゃないか」

「たまたまだよ。運がよかった」

「運じゃないだろ。実力だよ」

すごいなあ、と佐生はすっかり興奮している。この分だと彼の話も聞けるかもしれない

と、瞬は話題を振ることにした。

「それで？　何があったって？」

「ああ……もうすっかり落ち込んじゃってさ」

途端に佐生の眉《まゆ》がハの字となり、やれやれと溜め息をつくと、ようやくその身に起こったことを説明し始めた。

「合コンに来た女の子たちに、掌返しをされちゃってさ」

「掌返しというのは、つまり……」

最初はモテていたが、相手にされなくなったということだと瞬は察した上で、なぜ、最初モテていたかの想像もついた。

「……そう。最初は大病院の跡取りだと思われていたから、言い方は悪いけど、その場にいた女子全員がものすごい勢いで食いついてきてさ。でも医者になる気はないと言ったらもう、見事なくらいに無視されて……さすがに凹《へこ》んだよ」

「まあ、合コンに来た子は皆、将来の医者狙いだったんだろう。お前がどうこうということじゃないよ」

「わかってるよ。医者にならないのに『なる』と嘘をつくことはできなかったってだけだ。でもさあ、あからさますぎるんだよ。医者にならない俺には存在価値ゼロ、みたいな扱いされるとさあ」

「今度合コンに行くときは、男側が医大生に限らないというのを選べばいいんじゃないか？」

女性の態度もどうかとは思うが、彼女たちからしてみたら、メンバーは医大生、つまりは医者の卵だという前提で参加しただろうから、将来は医者にならない相手が眼中に入らないというのもわからない話ではない。

その前提のない会合に出れば嫌な思いをすることもないだろう、というアドバイスは我ながら至極《しごく》もっともだと思ったのだが、傷心の佐生の胸にはあまり響いていないようだった。

「合コンは懲《こ》りた。金も結構かかったし。可愛《かわい》い子は多かったけど、ほとんど話できなかったし」

もしやその『可愛い子』の中に、佐生の好みの子がいて、その子といい感じになったと思ったのに掌返しをされたということなのかもしれないなと瞬は察し、尚も慰めの言葉を告げようとしたのだが、それより前に酔っ払った佐生が高らかに宣言を始めた。

「もう、合コンにはいかない。出会いはコレで求めることにする！」

『コレ』と佐生が瞬に示したのは、スマートフォンだった。

「え？　なに？　もしかして出会い系サイト？」

やめとけよ、と瞬が顔を顰《しか》めたのは、『出会い系サイト』にいい印象を持っていないためだった。全部が全部とはいわないが、犯罪の温床《おんしょう》となっているサイトもある。佐生は少々ぼんやりしているところがあるから、カモにされてしまうのではと案じたのだが、佐生は瞬の心配を笑って退けた。

「マッチングアプリだよ。知らない？　結構みんな使ってるよ。このアプリは登録するのに身分証明がいるし、胡散臭《うさんくさ》いものじゃないって。それに登録している子、結構可愛い子が多いんだよ」

見る？　と佐生が画面を示してくる。

「ってことはなに？　登録したんだ？」

「いや、これから。今さっき、今日の合コンに誘ってくれた奴からお詫《わ》びのメールが来て、このアプリを紹介されたんだ」

「身分証明を提示するとか、大丈夫なのか？」

個人情報を渡すこともまた心配だ、と瞬は思い留まらせようとしたのだが、

「今どきのマッチングアプリは、身分証明の提示が必須《ひっす》だぜ」

と逆に佐生に笑われてしまった。

「さすが警察官といおうか、用心深いよな。でも時代に乗り遅れてるぞ」

今まで落ち込んでいたのはどこへやら、自分を揶揄《やゆ》し始めた佐生に対し、むっとはしたものの、まあ元気になってよかったと、瞬は密かに安堵《あんど》の息をついた。

にしてもマッチングアプリの安全性は気になる、と、佐生に向かって手を伸ばす。

「見せてくれよ」

「ああ。これ。ほら、登録者数も多いし、大丈夫だよ。身分証明は年齢確認にしか使わないって書いてあるし」

「そりゃ、悪用すると書くサイトはないんじゃないか？」

「もう、本当に心配性だなあ」

佐生が呆《あき》れた声を上げる。

「身分証明の提示が求められることが、安心できるサイトの目安となるんだぜ。まあ、個人情報が流出したら怖いけど、クレジットカード情報とかは入れることないし、うん、大丈夫だって」

「大丈夫かなあ」

やはり不安になるのは、佐生が言うように警察官という職業ゆえだろうか。しかしそもそも、と、瞬は疑問を覚え、佐生に問いかけた。

「佐生、そんなに彼女がほしかったのか?」

「いや、別に」

佐生の答えに瞬はずっこけそうになった。

「ならなんでマッチングアプリ?」

「今、ものすごく彼女がほしいってわけじゃないけどさ、出会いのチャンスがないなと実感したんだ。そんなときにコレを紹介してもらったから、まあ、やってみようかなと思って。何事も経験だろ?　小説のネタにもなりそうじゃないか」

「出会いのチャンスなんて、大学でもバイトでもありそうなものじゃないか」

わざわざリスクを侵さなくても、と呆れてしまっていた瞬だが、その言葉が佐生の心の傷を抉《えぐ》ることになろうとは思ってもいなかった。

「だから!　医者にならない医大生に出会いはないんだよう」

またもテーブルに突っ伏してしまった佐生を前に、しまった、せっかく気分が上向いたところだったのにと瞬は後悔《こうかい》し、その後はなんとか再び佐生を浮上させるべく、明るい話題を探して振り続けることになったのだった。

2

それから二日は何事もなく過ぎ、三日後の朝、そろそろ見当たり捜査に出かける時間となった特殊能力係に思いも寄らない情報が持ち込まれた。

「すみません！　失礼します！」

という声と共にドアが勢いよく開き、捜査一課の小池《こいけ》が部屋に飛び込んできたのである。

「どうした」

ノックを省略するほどの慌てぶりを訝《いぶか》り、徳永が声をかける。

小池は徳永が捜査一課三係にいた頃の後輩で、徳永のことを慕《した》い、特殊能力係にも日参《にっさん》といっていいほどの頻度《ひんど》で顔を出す一見強面《こわもて》のがたいのいい刑事で、面倒見のいい性格をしている彼は瞬の面倒もよくみてくれ、共に道場に通ったり飲みに行ったりと、なかなかに濃い付き合いをしている。

その小池の顔が酷《ひど》く強張《こわば》っていることに瞬は気づいた。

「それが……」

慌てて飛び込んできた割には、小池は説明するのを躊躇《ためら》っていた。何か嫌な予感がする、と瞬が身構える前で、徳永が淡々と問いを発する。

「一体どうした」

「……大原海……彼から連絡はありませんか？」

「えっ」

意外な名が出たことで、瞬は答えに詰まった。

問いに答えることなく、徳永が小池に問いかける。

「大原がどうした？」

「……実は……」

小池は尚も言い淀《よど》んだが、徳永が目で促すと、渋々といった様子で口を開いた。

「……殺人未遂《みすい》事件への関与が疑われています。容疑者といってもいいでしょう」

「ええっ」

瞬の口から思わず大きな声が漏《も》れる。それほど予測できなかった内容ということなのだが、おそらく同じように驚愕《きょうがく》したに違いない徳永は実に落ち着いていた。

「どういう事件だ？」

相変わらず淡々と問いかける彼の顔をつい瞬は見やってしまったのだが、声音《こわね》と同じく表情からも少しの感情をも読み取ることはできなかった。

「昨夜R大生が豊島区《としま》の自宅アパートで頭部を鈍器《どんき》で殴《なぐ》られ昏倒《こんとう》させられるという事件があったんですが、現場から逃走した男が大原と特定されたんです」

「豊島区ですか?」

そもそも大原は今、沖縄にいる。大原と小池は同期だったので、何かの折にそのことは伝えていたはずだった。

豊島区のアパート、しかも被害者はR大生。大原との繋《つな》がりがまるで見出《みいだ》せない。その、現場から逃げた男が大原とは到底思えない、と瞬は首を傾《かし》げた。

「今、大原さんは沖縄にいるはずなんですけど」

人違いではないかと瞬が告げると、小池は難しい顔で首を横に振った。

「俺も人違いだといいと願ったよ。しかし大原は昨日沖縄から東京にやってきた。便名も特定できた上、彼は昨日の昼間、R大で被害者と派手に口論しているところが目撃されてもいるんだ」

「そんな……」

呆然《ぼうぜん》とする瞬の横で、徳永が問いかける。

「どうして大原と特定された？　遺留品でもあったのか？」

相変わらず感情のこもっていない声音に、瞬はまたも振り返り彼の顔を窺《うかが》ってしまった。

「はい。被害者の傍に財布が落ちていて、中に運転免許証も入っており、その写真の人物が現場から逃げ去った男かと目撃者に確認をしたところ、間違いないと……」

「財布を落としていったということですか？」

「ああ。それで飛行機の搭乗《とうじょう》名簿を探した。状況証拠ではあるが、R大生を殴ったのは大原でほぼ間違いないと言っていい」

「信じられない……」

またも絶句する瞬の横から徳永が問いかける。

「逮捕状は出ているのか？」

「間もなくです。記者発表については、慎重にという指示が上層部から出ているとのことでした」

「元警察官ということを気にしているんだな」

徳永が納得したようにそう告げたあと、話題を変える。

「それで被害者の容態は」

「意識不明の重体です」

「被害者と大原の接点は？」

「まったくわかりません。被害者の両親は名古屋《なごや》にいるんですが、大原の名は知らないと言っていました。目撃者の友人も、昨日大学で大原が絡んでいたところは見ていましたが、初めて見る顔だと皆、言ってます」

「どうして大原は彼に絡んだんだ？」

「わかりません。被害者本人は周囲に、まるで心当たりがない、人違いではないかと言っていたそうです。現に大原は被害者の名前を知らなかった様子だったということでした」

「……そうか」

立て続けに質問を投げかけていた徳永がここで黙る。

「大原は今、財布を持っていません。もし彼から連絡があったら即、捜査一課にお知らせください」

「わかった」

小池の要請に徳永は頷《うなず》いたあと、ぼそ、と言葉を足した。

「もしも彼が本当にやったのだとしたら、さすがに警察官である我々を頼るとは思えないがな」

「それはそうだとは思うんですが……」

小池が言い淀《よど》む素振りをし、ちらと瞬を見る。

「あの？」

何か言いたげな顔をする小池に、瞬はその意図を問いかけた。

「麻生なら丸め込めるんじゃないかと思われていると、そういうことか？」

小池の代わりに徳永がそう告げ、瞬を見る。小池がバツの悪そうな顔をしているところを見ると図星だったのだろうと瞬は察し、なんともいえない気持ちになった。

「何か進展あったらお知らせします」

小池が頭を下げ、部屋を出ていく。ドアが閉まった途端、瞬は思わず溜め息を漏らしてしまったのだが、そういえば三日前に大原からメールが来た件に関して、徳永は明かさなかったなということに今更気づいた。

「大原からその後、連絡はあったか？」

それを見越したかのようなタイミングで、徳永が瞬に問うてくる。

「いえ。来ていません。あの、大原さんにメールしてみましょうか」

「…………いや」

徳永は一瞬考える素振りを見せたが、やがて首を横に振った。

「暫《しばら》く様子を見ることにしよう」

「……わかりました……」

徳永の考えが、わかるようでわからない。大原がやったと思っているのか、それとも濡《ぬ》れ衣《ぎぬ》だと判断しているのだろうか。

瞬自身は、大原が殺人未遂の罪を犯すとは、とても信じられないでいた。三日前に受け取ったメールでは、大原は実に充実した第二の人生を歩んでいるように見えた。その彼が大学生を殺そうと考えるだろうか。

やはり信じがたい。瞬もまた気づかぬうちに首を横に振っていたのだが、徳永に声をかけられはっと我に返った。

「我々も見当たり捜査に出かけよう。今日は池袋《いけぶくろ》駅にまず向かう」

「池袋……あ」

R大のある場所だと察した瞬の口から声が漏れる。偶然のわけがない。確信を胸に見やった先では徳永が相変わらず何一つ見出せないクールな表情で頷いてみせたのだった。

池袋の東口で見当たり捜査を始めた瞬だったが、気づけば大原のことを考えてしまっていた。

彼は今、財布を持っていない。現場から逃走したというが、警察が彼の行方《ゆくえ》を探していることは認識しているだろうか。認識した上で身を隠すとしたら一体どこに？　今は財布がなくとも、スマートフォンがあれば電子マネーで決済できる。とはいえ、ホテルに泊まったりはできるだろうか。電子マネーを使えば即、足がつくのではないか。

東京の友人の家に身を寄せている？　それともネットカフェ等の簡易宿泊施設か？　二十四時間営業の飲食店の可能性もある。とはいえ友人の家以外、金は必要となろう。

しかし何より瞬が解明したいのは、本当に大原が人を殴って昏倒させたのかということだった。

とても信じられない。万一、何かの弾みで殴ってしまったとしても、気を失っている相手を放置して逃げるだろうか。警察官であった大原ならまず救急車を呼ぶだろうし、自ら警察に出頭するのではないかと思う。

逃走するということ自体に違和感がある。何か事情があるとしか思えないのだが、と、一人、思考の世界に入り込んでいた瞬だったが、スマートフォンの着信に気づき、慌ててポケットから取り出した。

大原からだったらどうしようという考えが一瞬過《よぎ》ったが、かけてきたのは徳永だった。

自分がぼんやりしているのを見破ってのことかと反省しつつ電話に出る。

「すみません」

『何を謝る』

開口一番謝った瞬に徳永はそう問うてきたが、答えは求めていなかったらしく、彼の用件を告げ始めた。

『小池から現場の詳しい場所を聞いた。要町駅《かなめちょう》に向かう』

「わかりました」

徳永もやはり大原の行方《ゆくえ》を気にしているということだろう。瞬は短く返事をすると、待ち合わせの地下鉄のホームに急いだ。

要町駅近くの、通りに面したカフェの窓側の席に並んで座ると、徳永と瞬は早めの昼食をとりながら、大原についての意見を互いに交換することになった。

瞬と同じく、徳永もまた大原が犯人とは思っていないようだった。

「現場から逃走した理由が気になる。現役《げんえき》のR大生とのかかわりについて、何か心当たりはあるか?」

「大原さん、大学は途中から関西で、それでわざとらしい関西弁を使っていたんですよね、たしか」

記憶を辿《たど》る瞬の横で徳永もまた頷く。

「入り直す前の大学がたとえR大だったにしても、既に十年以上が経っている。現役生との繋《つな》がりがあるとはやはり思えないな」

「何を言い争っていたんでしょうね。それ以前に、上京の目的はなんだったたんでしょう。メールには上京するとか、まったく書いていませんでしたよね」

「それどころか、これから収穫で忙しくなると書いてあった記憶がある。そんな中、上京するというのも不自然だし、数日後に上京の予定があれば、お前へのメールに書くだろうしな。まあ、会う会わないという流れになるのを避けようとした結果、気を遣ったのかもしれないが」

「……そうですね……」

大原の性格を考えるとどうだろう、と瞬は首を傾《かし》げた。気を遣ったというのもないわけではないが、何より大原は東京の地に足を踏み入れることを未だ避けているのではないかと、そう思えてしまう。

彼の『過去』について脅《おど》しをかけてきた人間は今、刑務所の中にいるが、他にも彼の『特殊能力』と、その能力を使って何をさせられていたかを知る人間はいるかもしれない。それを恐れたがゆえに馴染《なじ》みのない沖縄の地に飛んだのではと思っていたのだが、と、ここまで考えて瞬は、もしや、とある可能性を思いついた。

「まさか、大原さんの能力を知る人間が沖縄まで押しかけていったんでしょうか」

それで、世話になっているさとうきび農園の老夫婦に迷惑をかけまいと沖縄を出て上京したのではないか。瞬の閃《ひらめ》きは、だが、徳永の同意は得られなかった。

「彼が上京して会いに行った相手が暴力団関係者であるのならともかく、R大生だからな」

「そのR大生が暴力団とかかわりがあったりした……とかはどうでしょう」

喋《しゃべ》りながらも瞬は、それはなさそうだとしか思えずにいた。加えて、会いに行っただけならともかく、殴《なぐ》って昏倒《こんとう》させその場を逃走する理由にはならない。

「財布を持たない大原さんは、今どこにいるんでしょう」

「警察の捜査が始まったことはわかっているだろうから、電子マネーも使えないしな」

履歴《りれき》を辿られた結果、居場所を特定されることは、元警察官でなくても軽く想像がつくだろう。

「やはり一度、連絡を入れてみたいんですが」

現場から逃走したのは間違いなく大原なのか。もしそうだとしたらどういう事情があるのか。『やっていない』とは信じているが、それならなぜ、姿を隠しているのかを教えてもらいたい。それに、と、瞬は今、ある可能性を思いつき、それを徳永に訴えることにした。

「もしかして、誰かが大原さんに罪を被《かぶ》せようとしているのかもしれません。財布を現場に落としていったのはわざとで、今、大原さんは何者かに囚われているのかも」

「……それは……一〇〇パーセントないとは言わないが……」

徳永が眉《まゆ》を顰《ひそ》め、首を傾げる。

「可能性としては薄そうな気がするな」

「そうですよね……」

自分で言いながらも、大原を罠《わな》にかけたい人間のイメージが少しも湧いてこないと、瞬もまた徳永の言葉に同調し、頷《うなず》いた。

「電話番号は知っているのか？」

徳永が瞬に問うてくる。

「あ、いいえ。メールアドレスだけです」

電話がきたことはなかった、と瞬は自身のスマートフォンを取り出した。

「もしも、意図的に姿を隠しているのだとしたら、携帯の電源は切っている可能性が高いだろうが、今、どこにいるのかと尋ねてみるか」

「わかりました」

頷き、瞬はすぐに徳永に言われたとおりの内容のメールを打ったが、開封済みにはならなかった。

「とにかく待つしかない。沖縄にはもう連絡がいっているのか」

「捜査状況が知りたいですね」

「小池にそう無茶も言えないからな」

　徳永はまたも難しい顔になったが、やがて抑えた溜め息を漏《も》らすと「そろそろ行くか」と立ち上がった。

「現場を一度見ておこう。周辺で気になる人物がいたら教えてくれ」

「わかりました」

『気になる』の基準はよくわからなかった。が、いわゆる『刑事の勘』が働いたらということだろうと瞬は判断し、頷いた。

　カフェを出ると徳永と瞬は連れ立って、現場となったR大生のアパートへと向かった。見当たり捜査のときはたいてい別行動なので、こうして二人並んで現場に向かうというのは瞬にとってはなんとも新鮮で、『普通の捜査』というのはこんな感じなのだろうかと、つい、そんなことを考えてしまい、すぐに呑気《のんき》すぎると反省した。

　駅から徒歩にして十分ほどのところにある被害者のアパートは二階建てで、二階へは外付けの階段から登っていくような造りとなっていた。二階の奥から二番目の部屋の前に制服姿の警察官が立っているところを見ると、あの部屋が現場ということだろうと、瞬は察することができた。

「オートロックではないな。防犯カメラも建物自体には設置していなさそうだ」

「外観は綺麗《きれい》で今どきな感じがしますが、外装を綺麗にしただけみたいですね」

アパートを観察していた二人の横で、若い男女のグループが立ち止まる。

「ここだよ、江川《えがわ》のアパート。昨日は凄《すご》い騒ぎだったんだぜ」

「お巡りさんが立ってる部屋？　昨日、大学に来てた人にやられたの？」

どうやら被害者の知り合いらしい。徳永に目くばせされ、瞬は聞いていない風を装《よそお》いつつ男女の話に耳をそばだてた。

男二人、女二人のグループで、茶髪の男がどうやら目撃者であると推察する。

「ああ。部屋のドア開けたら、江川が頭から血を流して倒れてて、そいつが傍に膝をついて見下ろしてたんだ。ちゃんと仕留めたか確かめてる感じでさ。で、俺が『何してる！』って怒鳴ったら、泡《あわ》くって逃げ出したんだよ。俺を突き飛ばすような感じでさ」

「なにそれ。怖い。よかったね、健斗《けんと》も襲われなくって」

「そうそう。一人殺すも二人殺すも一緒とか、考えそうじゃない？」

女性二人は綺麗にメイクした可愛《かわい》い顔と派手目の服という、どちらも似たようなタイプだった。服装の色味も似ている、と瞬は密かに観察する。

「怖いこと言うなよ。でも確かにそうだよな」

「財布落としていくとか、間抜けな奴だったから助かったんじゃないか？」

もう一人の男は、他の三人とは少し雰囲気《ふんいき》が違った。短髪のスポーツマンタイプで、服装も白いTシャツにジーンズと、あまり気も金も使っていないように見える。

「間抜けだった。尻ポケットから落ちたんだよ。立ち上がったとき」

「知ってる名前だった？」

「いや、知らなかった」

「なんて名前？」

「なんだっけな。刑事さんに免許証、ちらと見せられただけだったから……『大』って字はついたような……」

茶髪の男の記憶力が悪くて助かった、と瞬は心の中で安堵《あんど》の息を吐いた。

「にしてもさ、彼氏が大変なことになってるのに、りかは何してるんだろうね」

女性の一人が憤慨《ふんがい》した声を上げる。

「ここ数日、りかの姿見てないね、そういえば」

もう一人の女性が思い出したような声を出す。

「昨日から何度も電話してるんだけど、スマホの電源入ってないってアナウンスばっかり流れるんだよね」

「あ、俺もかけてみたけどそうだった。りか、里帰りでもしているんじゃない。法事かなんかで。前にそんなこと言ってたような気がする」

茶髪の男が首を傾《かし》げつつそう言う横で、女の子が、

「だとしてもウチらにはさすがに一声、かけてくれてもいいんじゃない？　授業の代返頼むとかでもさ」

と少し憤《いきどお》ったような声を出す。

「江川にだけ言ってたのかもな」

茶髪男がそう言ったとき、スポーツマンタイプが、

「そういえば」

と、何かを思い出したように喋り出した。

「昨日の男、江川に摑《つか》みかかっていったとき、りかの名前を出してた気がする」

「え？　りかの知り合いってこと？」

女性の一人が驚いた声を上げる。

「いや、そこは自信ない。俺もちょっと離れたところにいたからさ。よく聞き取れなかっ

たんだよね」

「そういやすぐ人だかりができたんで、その男、逃げ出したんだったね」

「怪しいよな、やっぱり」

「見るからに怪しそうだったもんね」

「なあ、そろそろ行く?」

と、茶髪がちらと徳永と瞬を見たあと、皆にそう声をかける。

「なに? どうしたの?」

女の子たちは訝《いぶか》しそうにしていたが、茶髪に促され、四人はその場を離れていった。

「え? あの二人が刑事なの?」

「聞き込みでもしてるのかな?」

こそこそ話す声が聞こえてきて、それで立ち去ることにしたのかと瞬は察した。

「ところで健斗、何しに来たの?」

「お前たちが勝手に現場を見たいっていってついてきたんじゃないか」

喋《しゃべ》りながら遠ざかっていく四人を目で追いつつも瞬は、どうします? と徳永に声には出さず問いかけた。徳永は小さく首を横に振ると、

「顔は覚えたたな?」

と低い声で瞬に問う。

「はい」

「聞くまでもなかったか」

苦笑めいた笑みを浮かべた徳永と瞬は、小さくなっていく男女の後ろ姿を暫《しば》し見送ったあと、彼らとは逆方向に歩き始めた。

「大原が今、沖縄に住んでいることを小池は知っているんだよな」

「はい。大原さんからのメールを以前、見せたことがあったと思います」

瞬の答えを聞き、徳永は「そうか」と頷《うなず》き、ぼそりと言葉を足す。

「そろそろ彼が沖縄で身を寄せている老夫婦が特定されていそうだな」

「……そうですね」

小池は大原が犯人であると疑っていない様子だったと、朝の彼の言動を思い起こしていた瞬の口から、溜め息が漏れる。

大原は自分の現住所も携帯の番号も、瞬にも徳永にも明かしていなかった。教えたくないというよりは、どちらかというと関わりをもつことで徳永や瞬に迷惑をかけたくないという気持ちから、敢《あ》えてメール以外の連絡先を伝えてこなかったのではないかと、今更そのことに気づき、やるせない気持ちになる。

瞬にはやはり大原が犯人だとは思えないのだった。犯人でないのならなぜ救急車も呼ばずに逃走したのか。その理由が一つも思いつかないのだが、それでも大原がR大生を殴《なぐ》ったとも、そのまま逃走したとも思えない。

大原と連絡を取りたい。事情を聞きたい。万一、救急車も呼ばずに逃走したのが事実であるのなら何かしらの理由があるはずだ。それを確かめたい。

しかしその術《すべ》がない。またも溜め息を漏らしていた瞬は、徳永に話しかけられはっと我に返った。

「もしも大原から連絡があった場合は、すぐに俺に知らせろ。決して自分だけで解決しようとはするなよ。わかったたな」

「は、はい」

大原が自分に連絡をしてくると、徳永は予想しているのか。確かに彼がメールを送ってくるのは最近では瞬だけとなっているが、最初のメールの宛先《あてさき》には徳永も入っていた。

メールアドレスだけでなく、おそらく携帯の番号も大原のほうでは徳永の分も瞬の分も、把握《はあく》しているのではないか。彼がメールをしてくるのは、瞬の私用の携帯にだったが、現職の頃に番号もアドレスも交換していた。

「俺に迷惑をかけたくないとか、そうした気遣いは不要だ。大原が何を言ってきてもまずは俺に連絡をしてくるように」

「わかりました」

こうも念を押されるのは、信用がないということだろうか。少しばかり落ち込んでいた瞬の心を見透かしたように、徳永が言葉を足す。

「大原の考えそうなことだと思っただけだ。それだけじゃない。大原が何者かに拉致《らち》されていたとしたら、ということも想定してだからな」

「……っ。わかりました」

確かに、何者かに拉致されているという可能性もあった。自分で言い出したんじゃないかと、瞬の中で急速に緊張が高まっていく。

大原は今無事なのか。自ら身を隠しているのか、それとも拉致されているのか。R大生を殴ったのか、濡れ衣を着せられているのか。

とにかく、連絡を取りたい。彼の行方《ゆくえ》を捜す方法はないだろうか。悲しいことに、大原が東京で身を寄せそうな場所を一つとして思いつかない。

連絡を待つしかないのだろうか。待っているうちに彼は逮捕されてしまうのでは。逮捕されたとしても無実ならすぐに釈放されるだろう。

無実に決まっていると信じたいのに、ならなぜ姿を消しているのかという疑問がその信頼の邪魔をする。

「……今日はまた池袋に戻って見当たり捜査を続けることにしよう」

徳永がそう言い、瞬の肩をぽんと叩く。

もしも現場から逃走したのが大原だったとして、財布を持たない彼の行動範囲は限られる。また身を隠すなら人の多い街がいい。それで徳永は池袋を選んだのだろう。己の推察が当たっていることを確信しながら瞬は「わかりました」と返事をすると、見つかってほしいとの祈りを胸に駅へと向かったのだった。

3

結局なんの手がかりも得られないまま、夕方六時で徳永と瞬は業務を終えることとなった。

「今日はここで解散とする」

池袋駅前で徳永にそう言われ、どこかに行くつもりだろうとは察したが、問うより前に背を向けられたため、瞬は仕方なく帰宅することにした。

徳永は明らかに今、自分を拒絶していた。おそらくだが、大原の事件について情報を入手しようとしているのではないかと思われる。誰からかはわからないものの、内々に情報を得るには自分がいては目的を遂行《すいこう》できないと踏んだがゆえの行動だろうと推察できるが、わかってはいてもやはり落ち込む。溜め息を漏《も》らしつつ瞬はＪＲのホームへと向かったのだった。

地下鉄へと乗り継ぎ、最寄り駅についてから瞬は、ふと思いついて佐生に電話を入れることにした。夕食の準備がまだなら、外で食べないかと誘おうと思ったのだった。

『あ、瞬？　え？　メシ？　今日叔母《おば》さんが来て、博多《はかた》の水炊《みずた》きセットを届けてくれたんだ。ウチで食べない？』

「あ、うん。そしたらビールでも買って帰るよ」

佐生の叔母は、佐生ばかりか自分の食事のこともかなり気にかけてくれ、たびたびやってきては趣味のお取り寄せのお裾《すそ》分《わ》けを届けてくれる。

今日は博多の水炊きか、と、お相伴《しょうばん》にあずかれることをありがたく思いながら瞬は、駅前のスーパーで缶ビールの六缶パックとデザート用に苺《いちご》を購入し帰路についた。

「おかえり」

水炊きの準備をしつつ、帰宅を迎えてくれた佐生は、何か言いたげな顔をしていた。

「どうした？」

「いや、食事が終わってからにしよう」

飯が不味《まず》くなるから、と顔を顰《しか》めた佐生を見て瞬は、心の中で密かに溜め息をついた。というのも今日は佐生の相談に乗るような心理状態ではなかったためだった。

気づけば大原のことを考えている。彼は今、どこで何をしているのか。本当に罪を犯したのか。とても信じられない。いくら考えたところで、正解に辿《たど》り着くはずはないとわかっていながらも、考えずにはいられない。そんないっぱいいっぱいの状態であるので、佐生の話が単なる愚痴《ぐち》であるのなら、できれば今日は逃れたいと思ってしまったのだった。

水炊き以外にも佐生の叔母は明太子も届けてくれていて、九州名物をビールと共に堪能《たんのう》した瞬だったが、食事が終わるか終わらないかのうちに、自ら食後と言っていた割りには我慢ができなくなったようで、佐生が彼のスマートフォンを差し出してきた。

「見てくれよ、これ」

「出会い系サイト……じゃない、マッチングアプリか。この前言ってたやつだよな?」

可愛《かわい》い子が多いという評判の、と画面を見ながらも瞬は、気持ちが少しも入らずにいた。

確かに可愛い子が多い、と次々画面を送っていた瞬の耳に、佐生の不満げな声が響く。

「そのアプリ、詐欺としか思えないんだよ」

「え?　詐欺?」

聞き捨てならない、と反応した直後、単に相手にしてもらえなかったということかもしれないと思い直す。『詐欺』は言い過ぎではないかと注意を与えようとした瞬の言いたいことがわかったのか、佐生はますますむっとした顔となり口を開いた。

「ちょっと瞬、お前、俺がマッチングに成功しなかったから詐欺と言ってるんじゃないかと、そう思ったんだろ?」

「そんなことはない。ただ、詐欺とは聞き捨てならないと思っただけで」

「聞き捨てならなくていいんだよ。だって詐欺だぜ」

佐生は憤慨《ふんがい》した声を出している。果たしてどういう『詐欺』と言うつもりか、と、この時点では瞬は彼の言葉をほぼ信用していなかった。

「最初はいい感じで進むんだよ。じゃあ、会おうかってなった頃から、聞いたこともないようなファンドへの投資を勧めてくるんだ。それが目的かと呆《あき》れて断ったんだけど、そのときにはもうコッチの連絡先を教えちゃったあとだったから、着信拒否するまでしつこく電話かけてこられて本当に迷惑したんだよ」

「マッチングアプリで投資？　それ、規約違反とかになるんじゃないか？　運営側にクレーム入れたらどうだ？」

「入れたよ。でもメールアドレスや電話番号を交換したあとのことは運営側は関与しないって」

「えー、だって出会いのきっかけはアプリだろうに」

「もしかしたら運営もグルなんじゃないかと思ったよ」

不満そうな顔で佐生が言葉を続ける。

「でもまあ、規約には書いてあったんだけどね」

「それじゃあまあ、仕方ないのか」

「仕方なくない！」

佐生は叫んだが、瞬には『仕方ない』としか思えなかった。

「でも規約に書いてあるなら、法的には負けるよ」

「法律なんてくそくらえ」

佐生は相変わらず文句を言い続けながら、画面を次々送っていく。

「一人ならわかるよ。でも次の子にも不動産投資を勧められたんだよ。さすがにおかしいだろ？」

「一人でめげないところがお前らしいよな」

そっちに驚きだ、と呆れてみせた瞬を佐生が睨《にら》む。

「詐欺かもしれないいんだから。刑事なら真剣に話を聞いてくれよ」

「わかったよ」

本当に詐欺であるのなら、と瞬は渋々頷《うなず》いたが、内心、そこまで佐生の言葉を信じたわけではなかった。

「どういう状況だったって？」

仕方がない。本腰を入れて聞いてやるか。そんな心境ではないのだけれどと思いつつ、瞬は佐生が画面を送っていくスマートフォンを見やった。

　確かに美人揃いではある。しかしだから『怪しい』というわけではなかろうと視線を佐生へと向ける。

「だから言ったじゃん。最初はこのアプリ内でのやり取りなんだよ。それで意気投合《いきとうごう》したら実際会うことになるんだけど、そのタイミングでメールアドレスと電話番号を聞かれたんだ。待ち合わせして会えなかったときの用心にって、向こうが教えてくれたからこっちも教えたんだけど。そしたらすぐ、電話かかってきてさ」

「それが投資への誘いだったと」

「うん。運命的な出会いだと思うから是非《ぜひ》、とかなんとか、もう、流暢《りゅうちょう》すぎる説明で、デートに印鑑を持ってこさせようとするわけ。あれは相当手慣れてるよ。モテない男だったら舞い上がって印鑑持っていってるところだよ」

「お前は冷静になれてよかったな」

『モテない男』だったからマッチングアプリに申し込んだはずだったのではと思いつつ、返事をした瞬を佐生がじろりと睨む。

「真剣に聞けって」

「聞いてるよ。聞いた上でのアドバイスだけど、まずは運営会社に通報すること」

「したよ。でも相手にしてもらえなかったんだよ」

「その女性に投資を勧められたと連絡しても、まだサイトに載せ続けているようなら、このマッチングアプリを退会して二度とかかわらないこと」

「俺はそれでいいけど、被害者が増えるとしたら阻止《そし》したくないか？」

「まあ、それはそうだけど……」

確かに佐生の言うとおりだ、と瞬は改めて彼の手の中にあるスマートフォンの画面を見やった。

「佐生の友達が『オススメ』と教えてくれたんだったよな。その友達には今のこと、言ったか？」

「言った。でも、悪いのに当たったな、というリアクションだったよ。奴も、奴にこのアプリ勧めた友達も、そんな状況にはなったことないって」

「……そうか……」

話を聞くにつけ、『悪いのに当たった』可能性が高いように思える。しかし二人続けて、というのは気になると首を傾《かし》げる瞬の目の前で、佐生がスマートフォンを操作し、一人の女性のプロフィールを画面に映し出す。

「この子がその、投資を勧めて来た子？」

「そう。まだ削除《さくじょ》されてないってことはやっぱり、運営側もグルなのかな」

「うーん、事実確認を取っているのかもよ」

瞬がそう言ったときに、インターホンの音が室内に響いた。

「宅配かな？」

にしてはちょっと時間が遅いような、と思いながら瞬は立ち上がり、インターホンの画面に向かう。

「……っ」

そこに映る男の顔を見た瞬間、瞬の口から声にならない声が漏《も》れる。

「え？　どうしたの？」

気配を察した佐生が驚いて駆け寄ってきたのを、反射的に瞬は遮《さえぎ》ろうとした。

「なんだよ、どうした？　不審者か？」

佐生は瞬の制止などものともせず、彼の後ろから画面を覗《のぞ》き込み、

「誰？」

と瞬に問うてくる。それで瞬は我に返ると、インターホンの受話器を上げ、そこにいた人物に呼びかけた。

「海さん……ですよね？」

『瞬、本当に申し訳ない。少しでいいので話を聞いてもらえないだろうか』

「…………」

どうしたらいい？　迷ったのは一瞬だった。

「わかりました。どうぞ」

返事をし、オートロックを解除する。

『恩に着る』

そう言い、自動ドアを入ってくるのは、今、行方《ゆくえ》をくらましているはずの大原だった。

「瞬、どうした？　顔色悪いぞ」

佐生に声をかけられたものの、どう答えていいかわからず固まってしまう。それを見て佐生は何かしらの事情があると察したようで、

「じゃあ、俺、部屋にいってるから」

と言ったかと思うと、瞬の返事を待たずに自室に向かってしまった。

「あ……」

背中に声をかける間もなく立ち去った佐生を見送っているうち、玄関のチャイムが鳴る。

大原がなぜ自分の住所を知っているかには心当たりがあった。彼が特殊能力係に配属されたときに、緊急連絡先を共有していたからである。警察を辞めたあとにもそれを持ってい

たことに関し、思うところはなかった。ただ、なぜ彼が自分のもとを訪れたのか、その理由を知るのが怖かった。

「はい」

彼を家に上げる前に、徳永に連絡を取るべきではないか。その考えがようやく頭に上ったが、既に瞬は玄関のドアの前にいた。

どうしよう。しかしいつまでもドアの外に立たせておくわけにはいかない。何せ大原は今、警察が行方を捜している人物なのである。家に上げ、すぐに徳永に連絡を入れようと自身を納得させると瞬は自然と唾《つば》を飲み込んでしまいながら、鍵《かぎ》を解除しドアを開いた。

「……本当に申し訳ない」

瞬の顔を見た途端、大原はその場で深く頭を下げた。

「入ってください」

まずは、と瞬が促したのは、大原の焦燥《しょうそう》ぶりが激しいことに衝撃を受けたためだった。

「本当に申し訳ない」

再度謝罪の言葉を繰り返しながら、中へと入ってきた大原の顔には無精髭《ぶしょうひげ》が浮き、服も着替えた様子がなかった。傍をとおるときに汗の臭《にお》いがしたことで、入浴もしていない様子とわかる。

殺人未遂事件の容疑者を今、目の前にしているのだと、改めて自覚した瞬間だった。またも瞬はごくりと唾を飲み込んでしまっていた。

「何か飲みますか？」

話すきっかけが今一つわからない。リビングダイニングに導いたあと、席を勧めながら瞬は、最初にそう声をかけた。

「……ありがとう。水、貰《もら》えるか？」

本当に申し訳ない、と、またも頭を下げる大原の顔には罪悪感が貼り付いていた。

「大原さん、どういうことなんですか」

水を持ってこなければいけないとわかっているのだが、そんな顔をするとはまさか、と、それが気になってしまい、瞬は大原に詰め寄っていた。

「俺はやってない。信じてくれ」

瞬が何を問うているのか、正確に把握《はあく》したのだろう。きっぱりとそう言い切り、瞬に向かって彼からも身を乗り出しているその様を見て、瞬の中に急速に安堵《あんど》の念が広がっていった。

こうも堂々と嘘をつくはずがない。『申し訳ない』という謝罪は単に、自分を巻き込むようなことになったら、という未来の事象に対してなされたものだと、瞬は瞬時にして察したのだった。

「すみません、水、持ってきます。何か食べますか？」

空腹そうに見える、と、そこまで気遣えるようになった自分に気づき、瞬は自然と微笑《ほほえ》んでいた。

「いや、迷惑をかけるわけにはいかない」

「食事くらい迷惑じゃありません。ウチに何があるかちょっとわからないんで、ひとまず冷蔵庫の中、見てきます」

「なあ」

キッチンへと去ろうとした瞬の背に、大原の声が響く。

「はい」

「信用してくれるんだな、俺のことを」

問いかける大原の目が潤んでいる。

「当たり前じゃないですか。元同僚なんですから」

それを聞いた大原の顔が、くしゃ、と歪んだかと思うと彼の目から涙が溢《あふ》れ出た。

「ほんの数日だったというのに……ほんま……嬉しいわ」

「懐かしいです、その嘘くさい関西弁」

まだ抜けてなかったのか、と、泣いている大原を前に、瞬は思わず噴き出してしまった。

「瞬の顔見るとどうしてもな」

大原もまた、泣き笑いになっている。

「ともかく座ってください。今、水持ってきます。あと食べ物も。そうだ、風呂も入っていってください。あと、着替えも。俺の服でよければ貸しますんで」

「そこまで世話になるわけにはいかない。本当に申し訳ないが、金を少し借りたかったんだ。財布を落としている上、携帯も電源を入れれば居場所が特定される。今、捕まるわけにはいかないんだよ」

「すみません、金はいくらでも用立てますがその前に事情を説明してください。どうしてR大生のアパートから逃げ出したんです？」

あ、その前に水を、と、瞬は急いでキッチンに駆け込むと、冷蔵庫からミネラルウォーターのペットボトルを取り出し、急いで大原のもとへと戻った。

「どうぞ。あと、カップラーメンとかならすぐ出せます」

「ありがとう。水、もらうな」

礼を言って瞬からペットボトルを受け取ると、大原はそれを開けてごくごくと呷《あお》った。

そうして大きく息を吐くと、前に座った瞬に対し、考えをまとめるように一瞬宙を睨《にら》んでから口を開いた。

「……今、俺はある人を捜している。世話になっているさとうきび農園の孫娘だ。行方がわからないんだよ」

「……え?」

思いもかけないことを言われ、瞬は眉《まゆ》を顰《ひそ》めた。

「最初から説明する。瞬にメールを送った中に、新垣《あらがき》さんの……ああ、俺が今、世話になっているさとうきび農園が新垣農園といって、そこの農園主が新垣竜《りゅう》さんというんだ。彼の孫娘はりかちゃんという名で、今、R大に通ってる」

「R大!」

繋《つな》がりが見えた、と思わず声を漏らした瞬に頷《うなず》いてみせたあとに、大原が再び話し出す。

「その竜さんの誕生日を祝う写真があっただろう? あのメールを送った前日が誕生日だったんだ。でもりかちゃんから当日電話がなくて。りかちゃんとは年末年始に彼女が帰省してきたときに顔を合わせたが本当にいい子でね。ご両親はりかちゃんが幼い頃に交通事故で亡くなっていて、りかちゃんにとって竜さんたちは唯一の家族ということもあって、電話も頻繁《ひんぱん》にしてくる。先月の竜さんの奥さんの誕生日にも当日にお祝いの電話があった。なのに当日も、翌日も電話がないので竜さんが心配して連絡を取ろうとしたんだが、携帯にかけても電源が入っていないというアナウンスが流れるだけで繋がらなくて。それで俺が東京のアパートまで様子を見に行くことにしたんだ。竜さんも奥さんも沖縄を出たことがなかったから」

俺なら東京には土地勘があるから、と大原が言葉を足したのに、確かに、と瞬は納得したものの、一日二日連絡がつかないだけでそうも心配されるとは、りかという孫娘は普段から真面目《まじめ》な子なんだなと考えていた。表情からそれがわかったのか、大原が説明を始める。

「誕生日にメッセージが入らないのも、電話が繋がらないのも、もしかしたら友達と遊んでいるうちに忘れたとか、出かけたまま家に戻らず携帯の充電が切れたとか、その可能性のほうが大きいと思ってるんだろう。俺も自分が大学生の時を思い返すに、そんなことじゃないかとは思ってたんだが、竜さんたちが心配していたし、それにりかちゃんがおじいちゃん思いのいい子だというのも目の当《ま》たりにしていたので、もしかしたら体調が悪くて寝込んでいるんじゃないかと、それを心配して昨日、上京した。だがアパートに行ってみたところ、部屋はもぬけの殻《から》だった。一応、合鍵は預かってたんだが、そもそも鍵がかかってなかったんだ。とはいえ、室内が荒らされた形跡はなく、ちょっとそこまで出かけているといった様子だったので、暫《しばら》く待ってみたが帰ってくる気配はなかった」

「鍵もかけないって……もしかして習慣ですかね」

自分の同級生にも、上京した際、地元ではほとんど鍵などかけたことがなかったので、部屋の鍵をかけわすれることが多いと言っていた子がいた、と瞬は思い出し問いかけたのだが、大原はそれに対する答えは持っていなかったようで、「わからない」と告げたあとに話を続けた。

「待っている間、机の上に飾られていた写真立てやカレンダーを見ていたんだが、カレンダーにはちゃんと『おじいちゃん誕生日』と印がついていた。写真は祖父母と写したものと、彼氏らしい若い男と二人で写っているもの、それに友達数人と写したものがあった。手がかりといったらその彼氏や友達くらいだったので、行方《ゆくえ》に心当たりがないか、聞きに行くことにしたんだ。彼氏との写真が大学のキャンパスらしきところで撮られたものだったので、R大に」

「その彼氏が、殴《なぐ》られた男だったんですね?」

話の流れ上、そうなるだろう。問い掛けた瞬に大原が頷く。

「キャンパスで張り込んで写真の男を見つけ、話を聞いた。りかちゃんの名を出したらあからさまに動揺《どうよう》したにもかかわらず、知らないと言い張るのが気になって、しつこく問い質《ただ》したところを何人もの学生に見られ、ちょっとした騒ぎになったので一旦は引き下がったんだがやはりどうにも気になって、彼のアパートに行ってみることにしたんだ」

「住所を知っていたんですか？」

今の話の流れでいうと、大原はりかの彼氏の顔しかわかっていなかったのでは。彼女の部屋にはその彼氏と写った写真だけでなく、名前や住所のわかるものがあったということか、と、確認を取った瞬の前で大原がバツの悪そうな顔になる。

「いや……実は彼と揉《も》み合いになったとき鞄《かばん》が落ちて、中に入っていた彼宛《あて》のＤＭがちらと見えたんだ。それで名前と住所がわかったんだが……」

そこまで言うと大原は、はあ、と大きく息を吐き、次の瞬間、瞬に対し深く頭を下げた。

「申し訳ない！　もう、この力は使わず生きていくと誓ったはずなのに、それを破ってしまった」

「いや、そんな。俺に謝らないでください」

自分には大原を責める権利などないし、責めたいとも思わない。慌てて瞬は大原に頭を上げさせようとした。

「それより、話の続きをお願いします」

「……ああ。そうだな」

大原は何か言いかけたあと――おそらく、謝罪と反省の言葉を繰り返そうとしたのではないかと思われた——思い直した表情となり、再び口を開いた。

「大学内や周辺をくまなく捜したが、りかちゃんは見つからなかった。それで彼氏の——江川光成《えがわみつなり》という名前だった。その彼のアパートに行ってみた。ドアチャイムを鳴らしたが応答がなかったので、試しにノブを握ったら鍵《かぎ》がかかってなくて。ドアを開くと中で、彼が頭から血を流して倒れていた……」

ここで大原は抑えた溜め息を漏《も》らし、話が少し途切れた。

「どうして救急車を呼ばなかったんですか」

実のところ、瞬はショックを受けていた。現場から大原が逃げ出したという話を聞いたときから瞬は、何かの間違いに違いないとそう信じていたのに、今、はっきり本人の口から、被害者が殴られた状態でいるところに居合わせたと聞かされた。

目の前で人が倒れていたら、大原ならすぐに救おうとするはずではないのか。裏切られたような気持ちになったせいで、瞬の口からは思考するより前に、その言葉が漏れていた。

「普通、まずそこだよな」

大原がまた抑えた溜め息を漏らす。

「……ドア近いところに彼は倒れていた。慌てて屈み込み、息があるかを確かめようとしたんだが、そのとき俺は彼が握っていたスマートフォンに気づいてしまったんだ」

言いながら大原がポケットを探り、カバーの掛かったスマートフォンを取り出す。

ピンク色の手帳型のケースに入っているそれは、大原の持ち物というには違和感があった。被害者のものとも思えない。若い女性が好むような、と思っていた瞬の前で大原がケースを開く。

「……帰省したときに持っていたものと似ていると思ったんだが……」

「え……？　と、いうことは……？」

ケースの内側にはプリクラが二枚、貼ってあった。随分《ずいぶん》と加工されている様子のその人物はもしや、と瞬は答えを予測し、大原に問うた。

「……りかちゃんのものだったんだ」

予想どおりの名を告げた大原が、今度は抑えてなどいない、深い溜め息を漏らす。

「……もしや、と思ったときにはもう、俺は彼の手からスマートフォンを取り上げていた。中を確認し、りかちゃんのものだとわかり、ますます混乱していたところにちょうど、江川の友達が訪ねてきたんだ。それで俺はつい……」

逃走してしまったのだと告げた大原の顔は歪んでいた。

「それはつまり、海さんは犯人を……」

被害者の手の中に握られていたスマートフォンの持ち主だと、そう思ったということか。

問いかけようとした瞬に対し、大原が首を横に振る。

「……りかちゃんが犯人とは思えない。まずは彼女を捜さなければと思った。友達が来たのなら救急車を呼んでくれるだろう。そう思って逃走した。悪いと思いながらも、証拠品のりかちゃんのスマホを持って……」

「それで今、海さんはりかさんの行方を捜していると……」

「ああ、だが見つからない。もう三日も行方がわからないんだ。一体どこにいるのか……」

大原の顔には焦燥感《しょうそう》が表れている。

「まずは彼女の話を聞きたいと思った。万一、りかちゃんが犯人だったら警察に行くよう説得するつもりだったというのに」

「海さん……」

実際のところ、大原はりかを犯人と思っているのか、それとも無実を信じているのか。どちらにせよ、二十歳《はたち》前の若い女性の行方が三日もわからない状態であることにかわりはない。

「彼女はまだ上京して一年しか経っていない。行動範囲もそう広いわけではないと思うんだ。彼女の家の近辺や大学の近く、それに江川のアパート近くは探したが見つからない。

もう少し範囲を広げたいが金がない。恥ずかしい話、東京で頼れるのは瞬とそれに……徳永さんだけなんだ」

頼む、と頭を下げてくる大原を前に瞬は、正直なところ迷っていた。金を貸すのは容易《たやす》い。しかしこのまま大原を見逃していいものだろうか。彼が無実であることは信じているが、現場から証拠品のスマートフォンを持って逃走したのは事実である。

世話になっているさとうきび農場の孫娘のために、何かせずにはいられなかったという彼の気持ちはわかるけれども、と、先程見たプリクラの写真を思い出す。

目を大きく、そして瞳の中には星のきらめき、頬《ほお》は薔薇《ばら》色に、もしかしたら物凄《ものすご》く美白に、と加工が激しいのは、デフォルトなのだろうか。しかしなんとなく見覚えがあるような、と、今更ながら瞬は、りかの顔にひっかかりを覚えている自分に気づいた。

見たとしたらどこで見たのか。加工前の顔を見ればすぐに思い出せるのだが、と、瞬は目の前で頭を下げ続けていた大原に返事をするのではなく、問いを発したのだった。

「すみません、りかさんの写真、ありますか？　プリクラじゃないやつ」

「え？」

大原は訝《いぶか》しげに顔を上げたが、すぐに、はっとした表情になると、ポケットを探り一枚の写真を取り出した。

「りかちゃんのアパートに一度戻って、写真を持ってきた。捜すのにいると思って」

言いながら瞬へと差し出してきたのは、見覚えのあるさとうきび畑の老夫婦の中央で、若く可愛《かわい》い女性が微笑《ほほえ》んでいるものだった。

「プリクラで加工したものよりこっちのほうが断然可愛いと思うんだ」

「……っ」

そうですよね、という相槌《あいづち》を打つ余裕は、写真を見た瞬間から吹っ飛んでいた。

「どこかで見たんだな？　どこだ？　りかちゃんはどこにいる？」

瞬の表情からそうと察したらしい大原が身を乗り出し、必死の形相《ぎようそう》で問い掛けてくる。

「わかりません。でも彼女は……」

瞬の記憶の中で、写真の女性と、先程佐生のスマホで見た女性の顔がぴたりと重なる。

佐生が『詐欺だ』と騒いでいたマッチングアプリの中、次々に送られる画面の中の一枚の写真は間違いなくりかだ。そう確信したときに瞬は、自分がこれからどうすべきかということも心に決めていたのだった。

4

「りかちゃんがマッチングアプリに登録してるって？」

瞬の言葉を聞き、大原は信じられないと声を張り上げた。

「就職関連のじゃなく、出会い系のサイトのことだよな？　彼氏がいるのに登録などするはずがない。顔立ちは派手だけど奥手で真面目《まじめ》な子なんだ」

大原はそう言いはしたが、すぐ、

「しかし瞬に限って人の顔を間違うはずはないか……」

と首を傾《かし》げたかと思うと、

「そのアプリの写真、見せてもらえるか？」

と頼んできた。

「わかりました。すぐ、持ってきます」

待っていてください、と瞬は急いで佐生の部屋に向かい、先程のアプリを教えてほしいと告げた。

「俺のスマホ、持っていっていいよ」

ほら、と佐生がスマートフォンを差し出してくる。彼の表情にはこれでもかというほど好奇心の色が濃く表れてはいたが、気を遣ってあれこれ聞くのを我慢しているのがわかる。

「悪いな。あとでちゃんと説明するから」

せめてそう告げ、スマートフォンを受け取った瞬だったが、そういえば、と確認せねばならないことを思い出した。

「お前が不動産投資を勧められた二人目の女の子って、どの子?」

「え? ああ。ちょっと待って」

佐生は不思議そうに目を見開いたものの、すぐに画面を操作し、一人の綺麗《きれい》な女性のプロフィール画面を差し出してきた。

「彼女」

「……ありがとう」

りかではなかったとわかり、つい、安堵《あんど》の息を吐いてしまった瞬を見て、佐生はおおよそのあたりをつけたらしく、彼のほうからこう切り出してきた。

「もし、登録されてる女の子とコンタクトが取りたかったら、俺のID、そのまま使ってくれていいから」

「え？　でも……」

それは佐生にも申し訳ないし、第一規約違反では、と瞬は断ろうとしたのだが、佐生は、

「もうそこは辞めるつもりだからいいよ」

と親切すぎることを言い、瞬の胸を熱くさせた。

彼の厚意に甘えることも考えたが、自分にアプリに関する知識がないことを思うと、佐生本人に頼んだほうがいいのではと、瞬はそう判断を下した。

「実は佐生の考えているとおり、この中の女の子と連絡を取りたいんだ。ちょっと今、いいか？」

「勿論《もちろん》俺はいいけど……ワケアリなんだろう？」

いいのか？　と逆に気遣ってくれる佐生に瞬はきっぱりと頷《うなず》いた。

「お前の口の堅さは信用している」

「プレッシャーかけられてるっぽいけど、大丈夫だよ。誰にも喋《しゃべ》らない。友達は勿論、叔《お》母《ば》さんにだって」

任せてくれ、と胸を張る佐生と共に瞬がリビングダイニングに戻ると、一人思い詰めた顔で瞬の戻りを待っていた大原は、口には出さないものの、訝しそうな表情となり瞬と佐

生を見やった。

「紹介します。同居人の佐生です」

「どうも」

「お邪魔しています」

佐生と大原は挨拶《あいさつ》を交わしたが、大原は名乗らず、佐生も『どうも』の一言を告げたあとには口を閉ざしてしまった。

あれこれ聞きたいだろうに、と内心ありがたく思いながら瞬は大原に、なぜ佐生を同席させるか、事情を説明し始めた。

「佐生が最近、友人に勧められてはじめたマッチングアプリなので彼にも来てもらいました。佐生、スマホ、貸してもらえるか？」

「ああ。勿論」

頷き、佐生がロックを解除したスマートフォンを差し出す。画面は先程のままで、やはり何度見てもりかとしか思えないと思いつつ、瞬はその画面を大原に見せた。

「……っ。りかちゃん！」

大原の目にもやはり、この女性はりかにしか見えないようである。

「佐生にコンタクトを取ってもらっていいですか？」

「え？　あ、ああ」

動揺《どうよう》した様子だった大原だが、瞬が問うと我に返った顔になり、頷いてみせた。

「佐生、この女性に連絡を取ってもらえるかな？」

「わかった。ええと、話しかけるきっかけ捜すからちょっと待って」

佐生がプロフィールをチェックする。

「沖縄出身で海が好き、猫が好き、趣味はマリンスポーツに料理、こう見えて意外に家庭的……沖縄あたりから攻めるな」

佐生が瞬に告げたあと、メッセージを作成する。

「『こんばんは。沖縄、いいですね。僕もマリンスポーツが趣味です』これでいいか」

「趣味じゃないよな」

そんな場合ではないとわかりながらも、瞬はつい佐生に突っ込んでしまった。

「相手に興味持ってもらうためだから」

小さな嘘だよ、と佐生は涼しい顔で言ったあと、

「あ、普段はやらないからな」

と慌てたように言い添えた。

「嘘ついたってボロが出るのはわかりきってるって。今は瞬に、この子とコンタクト取っ

て頼まれたからやるだけだよ」

「わかった。悪いな、嘘吐かせて」

謝る瞬に「いいってことよ」と言いながら佐生がメッセージを送る。

「リアクションがすぐあるかはわからないよ」

「すみません、今の女性のプロフィール、見せてもらえますか？」

佐生がメッセージを打ち終わるタイミングを待ちかねていたように、大原が彼に声をかける。

「あ、はい……？」

佐生はちらと瞬を見、瞬が頼む、と頷くと、「どうぞ」とスマートフォンを大原に差し出した。

「どうです？　りかさんですか？」

「写真はそうだ。だがプロフィールは……」

食い入るように佐生のスマートフォンを見ていた大原が首を傾げる。

「りかちゃんの口調というには違和感がある。勿論、よそ行きモードなのかもしれないが……少なくともマリンスポーツが趣味とは聞いたことがない」

「マッチングしやすいように盛るというのはよくあるようですよ」

そんな彼に声をかけたのは佐生だった。

「盛る？」

佐生も、そして大原も構えることなく、ごく普通に会話をしている。コミュニケーション能力がお互いに高いとこうなるのかと瞬は感心しながら二人のやり取りを聞いていた。

「ええ。俺の友人のプロフィールもたいがい盛ってます。写真も別人とまではいいませんけど、写りよすぎだろうっていうのを選んでます」

「彼女の顔は写真のままだ」

「綺麗な子ですよね……あ、返信来た！」

「りかちゃんからか？」

「はい。ちょっとスマホいいですか？」

未だ佐生のスマートフォンは大原の手の中にあった。

「あ、ああ。悪い」

「いえ。読みますね」

佐生は大原の謝罪を簡単に流すと、アプリを操作しメッセージを読み始めた。

「『はじめまして。メッセージありがとうございます。マリンスポーツお好きなんですね。ダイビングもやりますか？　この間沖縄に戻ったとき久々に潜ったんですが最高でした！

色々お話ししたいです』」

「口調がりかちゃんっぽくないし、ダイビングなんて彼女はやらない」

大原の顔には疑念がはっきり表れていた。

「もう少しやり取りをしたあとだったら、本名も聞けるかも。ちょっと続けてみましょうか」

佐生が大原に尋ね、大原が「お願いします」と頭を下げる。

「ニックネームは『りな』さんですね。本名に近いものをつけるひとが多いそうです。友達からの受け売りですけど」

「佐生は何にしたんだ？」

好奇心からつい尋ねてしまった瞬を、佐生がじろりと睨《にら》む。

「『マサシ』だけど何か？」

「いやごめん。今はそんな場合じゃなかった」

ニックネームは、皆、本名に近い名前をつけるのだなと納得したことは伝えず、瞬は佐生に、その『りな』さんにメッセージを打つよう促した。

「ええと……『ダイビング、いいですね。沖縄も大好きです。今まで潜った海で一番綺麗だったところはどこですか？　僕はタヒチが一番印象的でした』」

「タヒチなんて行ったことあったっけ？」

初耳だ、と驚く瞬に佐生がしれっと「嘘だよ」と告げる。

「嘘!?」

「ああ。ネットの受け売りだけど、人とちょっと違うことをアピールするといいって。あとは金持ちアピール。食いついてくる女性は避けたほうがいいとか」

「………」

男側にそうしたノウハウがあるのであれば、当然ながら女性側にもあるわけで。狐と狸の化かし合いのように見えてしまう、と瞬は思わず唸《うな》っていた。

ありのままの自分で勝負するものだと思っていたが、そうではないのだろうか。嘘だと知られた段階で、それまでいくら好感を得ていたとしても幻滅されそうな気がするのだが。

「ますますりかちゃんはやりそうにない感じだな」

ぼそ、と大原が呟《つぶや》く。りかという女の子は純朴《じゅんぼく》でいい子ということなんだろうと瞬が納得していると、

「あ！」

と佐生が高い声を上げた。

「返信、来ました！　うーん、これはちょっと」

メッセージを開いた佐生が微妙な声となる。

「どうした？」

早々に嘘がばれたのだろうかという瞬の予想は外れた。

「『マサシさんとは話が合いそうで嬉しいです！　是非《ぜひ》お会いしたいのですが、連絡先を教えてもらえませんか？』」

「渡りに船じゃないか！」

思わず瞬は声を弾ませたのだが、続く佐生の言葉に息を呑《の》むことになった。

「『私は速水優奈《はやみゆうな》と言います。携帯の番号お知らせしますね』」

「速水優奈？　りかさんじゃないのか？」

「この写真はりかちゃんだ。間違いなく」

大原が断言する。写真でしか見ていないとはいえ、瞬もまた別人とは思えない、と頷《うなず》くのを見て、佐生が「わかった」とスマートフォンの画面へと視線を向けた。

「電話してみよう。出たら大原さんに代わります。りかさんかどうか、声を聞けばわかりますよね？」

「ああ、おそらく……」

大原の返事を聞いて、佐生は、よし、と頷くと、今、教えられたばかりの番号に電話をかけた。

「あれ」

しかし相手は出ることなく、留守番電話に繋《つな》がってしまう。

「今の今なのにな」

どうしたんだろうと、佐生は再度かけたが、やはり今回も留守番電話につながってしまった。

「まさかと思うけど、こっちの狙いがバレた……とか？」

「電話番号を教えてきたのは向こうだぞ？」

バレるもなにも、と首を傾《かし》げる瞬の横から、大原が「もしかして」と何か思いついた声を出す。

「さっきの『ノウハウ』なんじゃないか？　電話番号を教えたらすぐかけてくる男は要注意、みたいな」

「いやそんな。確かに、本名や連絡先を交換するのは実際会うことが決まってから、というのが一般的らしいけれども……」

何が何やら、と途方に暮れた顔になる佐生を前に、瞬と大原は顔を見合わせた。

「……色々ありがとな。瞬。それに佐生君」

大原が瞬から佐生へと視線を移したあと、二人に対して頭を下げる。

「そろそろ失礼するよ。これ以上ここにいると迷惑になるから」

「ちょっと待ってください！」

立ち上がろうとする大原に瞬は慌てて声をかけた。

「今の子の電話番号、メモしますよ」

佐生も戸惑いながらも親切心から大原に告げる。大原は視界に入ったものに関しては一瞬にして記憶できるということを佐生は知らないのだったと改めて認識しながら瞬は、その佐生に返事をしようとしている大原の前に立ち塞《ふさ》がった。

「瞬」

「徳永さんに相談しましょう」

そのことをずっと瞬は考えていた。金を貸すことは容易《たやす》い。しかしそれでは本当の意味で大原の力になれはしない。

「いや、徳永さんに迷惑をかけるわけにはいかない」

大原はそう言ったあと、すぐ、

「勿論《もちろん》、瞬になら迷惑をかけてもいいと思ったわけじゃないぞ」

と言葉を足した。

「わかってます。徳永さんは立場のある人だからですよね。でも、徳永さんなら『そんなことは気にするな』と言うこともわかってます。今日の午後だってずっと、R大や被害者のアパート周辺を探っていたんです。徳永さんも大原さんが無実と信じています。手を差し伸べたいと思うはずです」

「それなら余計、迷惑はかけられない……」

項垂《うなだ》れる大原は瞬を押し退け、部屋を出ようとする。

「佐生！」

まだ金を受け取っていないというのに、このまま大原は姿を消そうとしている。行くあてなどないだろうにと瞬は慌てて佐生に声をかけた。

「お、おう」

わけがわからないながらも佐生は返事をすると「すみません」と大原の腕を摑《つか》む。

「離してくれ」

「離すなよ、佐生。大原さん、徳永さんを呼ぼうと言ったのは、そのマッチングアプリも関係あるんです」

そう、瞬は先程から、佐生と『りか』と思《おぼ》しき女性とのやりとりに違和感を覚えていたのだった。

本当に相手は『りか』なのだろうか。彼女のスマートフォンは今、大原の手の中にある上、行方《ゆくえ》がわからなくなって数日経つという。

スマートフォンを複数台持っている可能性も勿論あるが、大原が『いい子』と認識している彼女が、マッチングアプリに偽名で登録していることに違和感を覚えずにはいられない。

加えてそのマッチングアプリで佐生は『詐欺』と思うくらいの、投資関連の勧誘を受けたという。

それらのことを説明したいが、今の大原には聞く耳を持ってもらえないに違いないと、瞬は判断し、佐生に彼の足を止めさせることにしたのだった。

普段の大原であれば、佐生の制止など振り切ったに違いない。しかし満足に食事をとっていなかったがゆえ、佐生に押さえ込まれ、身動きのとれない状態となっている。よし、と瞬は頷くと自身のスマートフォンを取り出し徳永の番号を呼び出した。

『どうした』

すぐに電話に出てくれた彼に、何から話していいのか瞬は一瞬迷った。が、そんな場合ではないと慌てて言葉を発する。

「すみません、すぐウチに来ていただきたいんですが」

唐突《とうとつ》、かつ夜分申し訳ないといった礼儀《れいぎ》をまるで無視してしまったが、反省する余裕は今や瞬から失われていた。

『……わかった』

徳永は一秒ほど、訝《いぶか》しそうに黙ったが、すぐ返事をすると何も聞かずに電話を切った。

「瞬」

「すぐ来てくれるそうです。徳永さんを呼ぼうと思った事情を説明させてください」

非難の眼差《まなざ》しを向けてくる大原を真っ直ぐに見据え、瞬は、佐生から聞いたばかりのマッチングアプリの詐欺めいた勧誘について説明を始めた。

「そうなんですよ。いざ会おうということになって、SNSのIDや携帯番号を知らせた途端に、投資の勧誘が始まって、それがしつこいんです。出会いじゃなくて投資詐欺のカモを探してるんじゃないかって、瞬に相談したところだったんですよ」

「なんだって⁉」

瞬の説明時には半信半疑といった表情をしていた大原だったが、不満げに告げる佐生の話を聞き、どうやら瞬の言葉を信じたようだった。

「勿論、佐生がたまたま、そういう目的を持って入会した女性にあたった可能性もあります。ただ、さっきのやりとりを見ると、どうも気になってしまって」

「……そうだな。いきなり携帯の番号を教えてきたり、そしてかけても出なかったり……」

大原もまた瞬と同じところに疑問を覚えたようで、そう言い、首を傾げる。

「佐生、彼女から連絡ないよな？」

もう押さえていなくても大丈夫だろうと判断し、瞬は佐生に声をかけた。

「電話は来てないけど……あ」

アプリを立ち上げた佐生が声を上げる。

「アプリにメッセージが来てる。読むよ」

「頼む」

電話ではなくアプリに、と意外に思いつつ瞬が促すと、佐生がメッセージを読み始めた。

「『電話に出られなくてすみません。今日はもう遅いので、明日、私からかけますね。何時くらいが都合いいですか？　突然電話番号教えたりして失礼だったのではと、実は反省していたんです。お電話もらえて嬉しかったです。ではまた明日』……用件はほぼ、ないって感じだよな」

「まだ『遅い』ってほどの時間でもないし……」

瞬もまた首を傾げていると、大原がぽつりと言葉を発する。

「やはり、りかちゃんぽくない。社会人っぽい雰囲気《ふんいき》じゃないか？」

「確かに。ちょっと紋切《もんき》り型《がた》ではあるような」

現役《げんえき》大学生の佐生もまた同意する。と、そのとき瞬の頭に閃《ひらめ》くものがあった。

「もしかして、佐生の携帯番号を入手するためだったのかも」

「え？　俺の？」

佐生が目を見開く横で、大原が「なるほど」と納得する。

「折り返しかけたら向こうに佐生君の携帯番号は知られることになるからな。しかしなんのために？」

「……投資詐欺のカモになりそうか探るため……とか？」

佐生の言葉に、瞬も頷《うなず》く。

「やっぱりこのアプリ、怪しいんじゃないかな。俺が申し込む子、今のところ全員怪しいよ？」

「確かに……」

そこは認めざるを得なくなってきたと瞬が相槌《あいづち》を打つ。

「いや、待ってくれ。りかちゃんが詐欺にかかわっているとは考えがたい」

と、ここで大原が憤《いきどお》った声を上げた。

「りかちゃんのアパートに行ってもらえればわかる。実に質素な生活をしていたよ。そもそも彼女が詐欺にかかわるはずがないんだ。祖父母が被害者になったことがあるんだから」

「そうなんですか？」

思いもかけなかった大原の言葉を、瞬はつい問い質《ただ》してしまった。

「ああ。郵便局の人間からファンドを勧められ、信頼して数百万預けたらあとでそれが詐欺だとわかったそうだ。りかちゃんに何不自由なく大学生活を送ってもらいたかったというのが理由だったこともあって竜さんたちは酷く落ち込んだそうで、祖父母の思いやりにつけ込むなんて、とりかちゃんは竜さん夫婦以上に憤《いきどお》っていた。そんな彼女が詐欺行為にかかわるわけがないだろう？」

「それだけに心配なんです」

本人の意志でなくとも、犯罪に巻き込まれている可能性があるのでは。その結果、行方不明になっているとしたら、彼女の身が心配である。

そのためにも、と瞬は大原を見据え口を開いた。

「徳永さんの判断を仰《あお》ぎましょう。りかさんが自ら身を隠しているのではない場合、一刻も早く行方を捜したほうがいいと思います」

「危険に晒《さら》されていると、そういうことか……？」

大原の顔がみるみるうちに青ざめていく。

「……そうじゃないことを祈りますが……」

恋人を殴《なぐ》って姿を消したとしても心配ではあるとはいえ、どちらが危険かとなれば、自分の意志ではなく行方不明となっている場合である。そうだとしたらすぐにも動かねばなるまい。

それには情けない話だが、自分一人では心許《こころもと》ない。徳永に迷惑をかけたくないという大原の気持ちはわかるが、徳永の協力が必要なのだ、と目で訴えた瞬の前で大原が何かを言いかけ、黙る。

「……わかった」

暫《しばら》くして大原が抑えた溜め息と共に承諾《しょうだく》の返事を告げた。

「よくわからないけど、俺、ここにいていいのか？　徳永さん来るなら、ビールとかおつまみとか、買ってこようか」

何も説明はしていないが、会話の様子から尋常《じんじょう》ではない事態だと感じ取っていたらしい佐生が瞬に、遠慮《えんりょ》深く声をかけてきた。

「佐生にはアプリの説明、してほしいし。あ、勿論、他言無用だぞ？　本にも書いちゃ駄目だからな」

　わかっているだろうけれどもと思いつつ、一応の念を押した瞬に、

「わかってるよ、それは」

　と佐生が口を尖らせる。

「毎度しつこいよね。俺が一度だってそんなことしたことないって知ってるだろうに。瞬の特殊能力についてだっておばさんにすら喋《しゃべ》ってないっていうのにさ」

　不満をぶつけてくる佐生はどうやら、緊迫した場の雰囲気を和《やわ》らげようとしているらしい。硬い表情で俯《うつむ》く大原には彼の気遣いが届いていないことを申し訳なく思いつつも瞬は、果たして徳永がどのような判断を下すのかと緊張を高めていた。

5

二十分後、徳永が瞬のマンションへとやってきた。

「徳永さん、実は中に大原さんがいます」

大原を佐生と共にリビングダイニングで待たせ、瞬は一人で玄関で徳永を迎えたのだが、それを聞いても徳永の表情が動くことはなかった。

「そんなことだろうと思っていた」

淡々と、予想していたと告げながら、勝手知ったるとばかりに瞬を押し退けるようにして廊下《ろうか》を進み、リビングダイニングのドアを開く。

「申し訳ありません!!」

徳永が部屋に入った瞬間、大原が椅子《いす》から立ち上がり、膝に額がつきそうな勢いで深く頭を下げる。

「謝罪はいい。それで？　なぜ俺は呼ばれた？」

徳永は実に淡々としていた。目的を尋ねてきた上司に瞬は、

「俺から説明します」

と告げ、許可を得るために大原を見やった。

「……頼む」

大原は徳永に対し、顔向けできない、といったように項垂《うなだ》れている。瞬が大原のかわりを買って出たのは、大原はきっと徳永に対し過剰《かじょう》なほどの謝罪を繰り返すのではと案じたためだった。

もしも自分の危機感が正しい場合は、少しでも早く動く必要がある。徳永の判断を仰《あお》ぐためにも、と、瞬は大原から聞いた話をできるだけ簡潔にまとめ徳永に伝えた。

「江川というR大生を殴《なぐ》ったのは新垣りかさんではないかと案じ、行方《ゆくえ》の知れない彼女を捜すために今お前は警察から逃げていると、そういうことでいいか？」

確認を取ってきた徳永に、大原と瞬は共に頷《うなず》く。

「しかし時系列がおかしくないか？　りかさんは数日前から姿を消している。一方、江川さんが殴られたのは昨日だ」

「それはそうなんですが、江川がりかちゃんのスマホを握っていたので、殴られたときに彼女はその場にいたんじゃないかと思ったんです」

更に言えば、江川を殴ったのはりかではないかと、それを大原は案じていた。それ以外に江川がりかのスマートフォンを持っていた理由はあるかを考え、これという可能性を思いつかなかったからではないかと瞬は推察しつつ、りかを巡ってのもう一つの疑念について説明を始めた。

「偶然なんですが、佐生が最近始めたマッチングアプリに、りかさんが偽名で登録しているのがさっきわかったんです。佐生に頼んでコンタクトを取ってもらったんですが、このマッチングアプリにちょっと気になるところがあって」

「気になるところというのは？」

『マッチングアプリ』の話題を出すと、徳永の目がきらりと光った気がした。それを感じながら瞬は佐生がコンタクトを取った女性二人から、ファンドへの投資や不動産投資を勧められた話をし、りかと思しき女性も携帯の番号を一方的に連絡してきた上でかけても電話には出ず、明日向こうから連絡してくる旨のメッセージがあったと伝えた。

「その後電話はないんだな？」

「ないよな？」

徳永の問いを受け、一応確認を取ろうと問い掛けた瞬に佐生が「ない」と頷く。

「このアプリ、会員が自分のＳＮＳや電話番号を教え合ったあとのことについては一切関与しないというんです。だから運営ぐるみの詐欺団体じゃないか、とまで言うつもりはないんですが、どうも信用できないというか……」

「流行《はや》っているんだよな、このアプリは」

説明した佐生に徳永の問いがなされる。

「はい。可愛《かわい》い子が多いと評判だと、同級生に聞きました」

「そこに新垣りかさんと思しき女性が登録していた」

「瞬にも言いましたが、りかちゃんがマッチングアプリに登録しているというのに違和感があるんです。彼氏一筋という感じでしたし。それに、メッセージの返信を読みましたが、りかちゃんぽくないんですよ。とはいえ、俺の知らない彼女の一面があるのかもしれないですが……それでも」

一瞬、言い淀《よど》みはしたが、すぐ、大原はきっぱりした口調になると、徳永に向かいこう断言した。

「絶対にりかちゃんではないと思います」

「となると、写真を無断で使用されているということか」

相変わらず徳永の口調は淡々としていた。写真を無断使用されているだけならまだしも、と瞬は己の胸に巣くう心配が果たして杞憂《きゆう》であるか否《いな》かを徳永に問おうと口を開いた。

「写真だけならまだいい……いや、よくはないですが。でももし、犯罪に巻き込まれていたとしたら……それが心配なんです」

「犯罪というのは、詐欺行為のほうだな？」

徳永の視線が瞬へと向かう。

「はい。実際に詐欺行為が行われているかはわかりません。偶然、佐生がそうした女性を続けて引き当てたのかもしれない。でも、もしもこれが組織ぐるみの投資詐欺グループによる犯行だとしたら、今行方がわからないというりかさんの身の安全が心配です」

「確かにそれはあるな」

徳永の判断は早かった。頷いたかと思うとポケットからスマートフォンを取り出し、誰かにかけ始める。

「遅くに悪い。徳永だ。ネットの詐欺について、お前、明るいか？」

かけている先はどこだろう。瞬と大原は顔を見合わせたが、正解はわからなかった。

「マッチングアプリの、名称は……」

と、ここで徳永が瞬を見る。

「あ、これです」

佐生がさっと自身のスマートフォンを瞬に渡し、瞬がそれを徳永に見せる。

「いや、売春じゃない。ファンドや不動産投資を勧めるそうだ。他には、なりすましもありそうだと……」

徳永が目で佐生に礼を言いつつ、スマートフォンを彼に返す。佐生は慌ててそれを受け取ると、徳永の通話を一言も聞き漏《も》らすまいというような真剣な顔となったので、さすがにまずいだろうと瞬は彼に退場してもらうことにした。

「悪い、部屋に行っていてもらえるか」

「えー」

佐生はむっとした顔になったが、ごねることはせず、それでも不承不承《ふしょうぶしょう》といった様子で部屋を出ていく。

「わかった。助かった。それじゃ」

同じタイミングで徳永の通話も終わったため、瞬は即座に問い掛けた。

「今の電話は？」

「ああ、科捜研《かそうけん》の坂本《さかもと》だ。科捜研にはサイバー犯罪対策課から協力要請がよくあると以前聞いていたからな」

坂本というのは徳永の同期であり、親しい様子は瞬も目にしていた。

「坂本さんでしたか」

「すぐに調べてくれるそうだ。今聞いた感じではアプリの存在を知らないようだったから、組織犯罪としてマークされているというわけでもなさそうだが……」

「それは……よかったです」

暴力団絡みということだったら、りかの行方を一刻も早く突き止めねばと思っていただけに、瞬は取り敢《あ》えず安堵《あんど》の息を吐いた。

「まだ安心はできないが」

徳永はそんな彼に釘を刺したものの、本人も安心したのか表情は穏やかだった。

「……しかしそうなるとやはり、りかちゃんが姿をくらましているのは江川を殴ったからということになります……かね」

横で大原が力なくそう告げ、瞬を、そして徳永を見やる。

「被害者を殴った直後に姿を消したとなるとその可能性は高いが、彼女はその数日前から行方が知れなかったんだろう？」

徳永が相変わらず淡々とした口調で大原に確認を取る。

「はい……少なくとも三日前から連絡がつかなくなっています」

「実際に彼女が殴ったかはともかく、三日も行方がわからないのは問題だ。沖縄の祖父母のところに戻っていたり、連絡を入れていたりはしていないのか？」

「さっき公衆電話から沖縄にかけてみたんですが、連絡はないと言ってました」

一方、大原はどこまでも心配そうな顔をしている。果たしてりかはどこにいるのか。佐生に電話番号を教えたマッチングアプリの『りな』は、りか本人なのか、それとも別人のなりすましなのか。

どちらにせよ、りかの行方を捜すのが最優先だと、いつしか握っていた拳を更に強く握り締めた瞬をちらと見たあと、徳永は視線を大原へと移し、口を開いた。

「あとのことは我々に任せて、お前はまず出頭しろ」

「……っ」

やはり徳永の指示はそうなったか。予想はしないでもなかったが、見逃してくれるのではないかとも期待していた瞬はそれを聞いて息を呑《の》んだ。大原も横で固まっている。

「新垣りかさんは必ず、我々で探し出す。このままだとお前はR大生殺害未遂《みすい》の犯人として指名手配されることになる。報道されでもしたら、それを見た沖縄の新垣さん夫婦はどう思う?」

「それは……」

大原の顔が歪み、唇から苦しげな声が漏れる。

「罪を犯していないのだから、身を隠す必要はない。警察が行方を捜していると聞いて出頭したと言えばいい。送致されるまでの四十八時間の間に、必ずりかさんを見つけ出すから」

「……しかし、徳永さんや瞬にそこまでしていただくのは……」

大原は徳永の前で項垂《うなだ》れていた。見逃してほしい。それが彼の本音だろう。徳永を信用していないわけではない。逆に彼を信頼しているからこそ、かかわってほしくないと願っている。

その理由は、と瞬が見守る中、徳永が淡々とした口調のまま、問いを発する。

「新垣りかさんが加害者だと、お前は思っているのか？」

「…………はい」

逡巡《しゅんじゅん》のあと、大原が頷《うなず》く。

「彼女を捜してどうする気だった？」

徳永の問いは続く。

「……まずは事情を聞くつもりでした。江川を殴ったのならなぜそうなったのか。その前になぜ竜さんの……お祖父《じい》さんの誕生日にお祝いを言ってこなかったのか。この三日、音信不通状態になった理由はなんなのか」

「理由を聞いて、納得ができたらどうする気だった？」

口調は穏やかだったが、徳永の眼差《まなざ》しは厳しかった。大原は顔を上げない。上げられないのだろうと瞬は察すると同時に、大原がどうするつもりだったかをこのときようやく悟ることができたのだった。

「……説得し……」

答える大原の声が震える。徳永の納得する答えを告げようとしているが、迷っている。すなわち、嘘をつこうとして躊躇《ためら》っているとわかるだけに瞬は、大原の次の言葉を待った。緊迫した空気の中、瞬が祈っていたのは、大原には真実を語ってほしいということのみだった。大原が黙り込んだまま、時が流れる。

徳永も敢えて問おうとしなかった。室内には壁掛け時計の秒針の音だけが響いていた。

「…………すみません……俺が身代わりになるつもりでした」

ようやく大原が口を開く。やはりそのつもりだったのかと、瞬は溜め息を漏らした。

「…………」

徳永は少しの間、黙り込んでいた。が、すぐに相変わらずの抑揚《よくよう》のない口調で言葉を発した。

「身代わり自首を勧めているのではないからな。まだ犯人が彼女と決まったわけではない」

「……はい」

大原は項垂れたままだった。が、やがて顔を上げ、真っ直ぐに徳永を見やった。

「本当は頼めるような立場ではないことは重々承知しています。でも……でも、どうかかちゃんを見つけてください。彼女を助けてやってください。お願いします……っ」

真摯《しんし》な口調、真摯な眼差しでそう言い、深く頭を下げる。

「わかった」

徳永の返事は短かった。が、この上なく心と、そして強い意志がこもっているように瞬には感じられた。

「麻生」

その徳永の視線が瞬に移り、呼びかけられる。

「は、はい」

不意のことだったので、口ごもってしまった瞬に対し、徳永が告げた言葉は予想に反したものだった。

「大原にシャワーを浴びさせてやってくれ。服も貸してやるといい」

「わかりました。大原さん、バスルームにご案内します」

徳永の気遣いを大原は断るかもしれないと思ったため、それより前に、と瞬は大原を浴室に案内しようとした。

「あ、いや。大丈夫だ」

予想どおり大原は遠慮《えんりょ》したが、強引に浴室へと連れていく。

「服と……あと、何か食べるものも用意しておきますね」

出頭したあと、大原にとっては苦難の展開が待っているとわかるだけに、気力が漲《みなぎ》った状態で送り出したい。徳永もきっとそう願ったのだろうと思うだけに瞬は大原に言い置くと、タオルを渡し、自分は洗面所を出た。

リビングに戻ると徳永は瞬を待っていたらしく、

「あとは頼むな」

と立ち上がった。

「りかさんを捜すんですよね?」

まさか一人で行くつもりか、と瞬は焦って徳永に駆け寄った。

「今日のことは忘れろ。明日、状況によっては俺は有休をとるつもりだ。また連絡する」

「待ってください、俺も一緒に捜します！」

徳永が単独で動こうとしている理由など、考えなくても瞬にはわかった。もし大原の依頼で犯人と思《おぼ》しき女性を捜したことが公《おおやけ》になった場合、間違いなく問題視される。懲罰《ちょうばつ》の対象となる行為であるがゆえ、徳永は瞬を巻き込むまいとしている。

しかしそもそもは、自分が徳永を巻き込んだのだ、と、瞬は一歩も退く気はないという主張を込め、徳永に訴えかけた。

「徳永さんが俺のことを考えてくださっているのは勿論《もちろん》わかってます。でも、俺も大原さんの力になりたいんです。短い間でしたが共に過ごした仲間として。それに俺は、きっとりかさんを捜すのに役に立ちます！　りかさんが自ら姿を消しているのか、それとも何か事件に巻き込まれてしまったのか、今のところどちらとも判断がつきません。一人より二人で捜したほうが確実に早く見つかります！」

「……わかった。確かに麻生の言うとおりではある。しかし」

徳永が迷っているのがわかる。それだけに瞬はあと一押し、と声を張り上げた。

「お願いします！　たとえ処罰されるようなことになったとしても、後悔《こうかい》はありません。逆に徳永さんに守られ、何もしなかったことに対しては死ぬまで後悔すると思います！」

「いちいち大げさなんだ、お前は」

それを聞き、徳永が苦笑する。どうやら希望はかなないそうだと瞬は、

「お願いします！」

と再度深く頭を下げた。

「……すぐに動くことにしよう」

徳永がぽんと瞬の肩を叩いたあとに、今までのやり取りなどまるでなかったかのような様子で瞬に声をかける。

「大原さんの服や食事は佐生に頼みます」

そう告げると瞬は急いで佐生の部屋へと向かい、詳しいことを話している時間はないのだが、大原に服と食事、それにタクシー代としてこれを渡してほしいと、財布から取り出した一万円札を渡した。

「わかった……けど、あとでちゃんと教えてくれよ」

瞬が焦っているのがわかったのだろう。あれこれ尋ねることなく佐生は瞬の依頼を、全て引き受けてくれた。

「恩に着る」

「あ、さっきのマッチングアプリ、連絡があったらすぐ知らせるから」

「ありがとう。頼む！」

佐生に礼を言うとすぐに瞬は徳永のもとに戻り、二人してマンションをあとにした。

「まずは新宿に」

「……っ。わかりました」

徳永が告げた行き先は、瞬には予測できる場所だった。今まで何度か世話になったことのある『情報屋』に会いに行くのだろう。依頼する内容は、マッチングアプリについてかと推察し、もしや徳永はマッチングアプリが犯罪の温床《おんしょう》となっているという見解なのだろうかと、瞬は首を傾《かし》げた。

すぐに空車のタクシーは捕まり、徳永が向かった先は瞬が考えたとおり、新宿二丁目のゲイバー『three friends』だった。

「あら、徳永さん、いらっしゃい。あら、坊やも一緒？」

この店の店主の名はミトモと言い、エキゾチックな雰囲気《ふんいき》の美形なのだが、常連客曰《いわ》く、類《たぐ》い稀《まれ》なるメイクテクの賜《たまもの》とのことらしい。

自称他称『新宿のヌシ』、この街で知らないことはないと豪語しても少しの嘘にもならないという、腕のいい情報屋なのだった。

「すみません、至急調べていただきたいことがあるんですが」

店内には客は一人もいなかった。いつ来ても閑古鳥《かんこどり》が鳴いているなと、瞬が考えているのがわかったのか、ミトモがジロ、と睨《にら》んで寄越す。

「坊や、失礼なこと考えるんじゃないわよ。あんたたちが来ることを予測して人払いをしといたんだから」

「そ、そうなんですね。ありがとうございます」

慌てて詫《わ》びた瞬にミトモが呆《あき》れてみせる。

「なわけないじゃないの。礼を言うほうが嫌みだから」

「す、すみません」

どうやら彼の機嫌はよくないらしい。絡まれていることを自覚しつつ、どうしたらいいのかと徳永を見ると、徳永は瞬をちらと見返したあと、ミトモに、

「座っていいですか？」

と笑顔を向けた。

「勿論。何を飲む？　アルコールは飲めない感じね、その様子だと」

ミトモの機嫌は一瞬にして上向いたようで、安堵《あんど》しながら瞬もまた徳永の横のスツールに腰を下ろす。

「はい。すぐにも動きたいので」

「わかったわ。水でいい？　坊やも水ね」

「はい」

「お願いします」

二人が頷《うなず》いたそのとき、カランカランとカウベルの音が鳴り響き、客が入ってきたのが

わかった。

タイミングが悪い、と振り返った瞬の目に、見覚えがありすぎる男たちの姿が飛び込んでくる。

「よお、ミトモ……って、あれ？　徳永に瞬か。どうした、こんなシケた店に」

入ってきたのは新宿西署の刑事、見た目はヤのつく自由業のようだが、ラテン系ともいえる容貌《ようぼう》は非常に整っているという高円寺《こうえんじ》久茂《ひさも》だった。

「どうも。よく会いますね」

後ろから顔を出したのは、高円寺の友人であるフリーのルポライター、藤原龍門《ふじわらりゅうもん》である。

「どうも」

頭を下げた徳永の声と、

「ちょうどよかった……のかしら？」

と、少々戸惑った様子のミトモの声が重なる。

「お二人なら問題ありません」

即答した徳永にミトモが「よかったわ」と微笑《ほほえ》む。

「なんだ、ミトモに依頼か？　ああ、もしかしてR大生殺人未遂《みすい》の件か？」

さすがと言おうか、高円寺はずばりと当ててきた。

「よくご存じで」

「元特能《とくのう》だろ？　大原だっけ。財布を落としていくとは間抜けというかなんというか。なりすましじゃねえんだろ？」

高円寺が徳永の横にどっかと座り、ミトモに、

「俺のボトル、あったよな？」

と酒を促す。

「ああ、元警察官が指名手配されるらしいって、あれか。あの人が元『特能』なのね。一瞬にして見たものをすべて記憶できる男、だっけ」

ミトモもまた抜群《ばつぐん》の記憶力の持ち主のようで、即座に思い出したあとに感慨《かんがい》深げな顔になる。

「徳永さんとしては複雑よね。どうして彼、R大生を殴《なぐ》ったりしたの？」

「現場から逃走したのはなりすましではなく本人ではあるんですが、少々事情がありまして」

徳永はそう言うと、スマートフォンを取り出し操作したあとミトモに画面を示した。

「調べていただきたいのはこのアプリについてなんです」

ここに来るまでのタクシーの中で、徳永と瞬はそのアプリをダウンロードしていたのだった。

「マッチングアプリね。今時の出会いはアプリなのね。二丁目でもそうよ。出会いってそういうものじゃないとかいうのはもう古いのよね」

しみじみした口調になったミトモに、高円寺が茶々《ちゃちゃ》を入れる。

「てめえの感慨なんかどうでもいいからよ、徳永の話を聞けよ。あと、俺と龍門に酒な」

「わかってるわよ。うるさいわねえ」

むっとした顔になりつつも、高円寺のボトルを棚《たな》から取り出しながら、ミトモが徳永に問い掛ける。

「で？　何を調べればいいの？　暴力団とのかかわり？」

「はい。登録している女性が投資詐欺を働いている疑いがあるのと、あとはなりすましの可能性もありまして」

言いながら徳永が画面を操作し、りかの写真をミトモに示す。アプリ内の写真ではなく、佐生にスクリーンショットを送ってもらったものだった。

「あら、健康的で可愛《かわい》い子。徳永さんには若すぎるけど」

「この子がなりすまされてるのか？」

横から高円寺もまた画面を覗《のぞ》き込む。

「ああ。実はこれから彼女を捜そうとしているんだ」

「行方《ゆくえ》不明なの？」

ミトモの問いに徳永は頷いたあとに、大原から聞いた話をざっと説明した。

「彼女のスマホが現場に落ちていた……けど、行方不明になったのは犯行の数日前。そしてマッチングアプリからは今日返信があった……なんだかちぐはぐだわねえ」

首を傾げるミトモに続き、話を聞いていた高円寺が口を開く。

「被害者との関係は、恋人同士なんだよな」

「おそらく」

りかの部屋に二人の写る写真があったと大原は言っていた。それだけで『恋人』と断定するのは危険ではあるが、まず間違いはないだろうと思われる。

また、被害者、江川のアパートの近くで、彼の学友らしい男女がりかの名前を出してもいたが、その内容もまた二人は恋人同士と思えるものだった。

少なくともまったく知らない仲ではない。そうでなければ彼女のスマートフォンが現場に落ちているわけがない。

音信不通だったりかは、江川と一緒にいたのだろうか。祖父の誕生日にメッセージがなく、その後連絡を取れなくなったことを大原は心配していたが、単に恋人と楽しい時間を過ごしていただけなのではないか。何かしらのきっかけがあって大喧嘩《おおげんか》になり、勢い余ってりかが江川を殴って昏倒《こんとう》させ、その場から逃げ出した。それが一番『らしい』推察のような気がしてきた、と瞬が首を傾げている間に、徳永と高円寺、それに藤原との間で話は進んでいた。

「被害者は一命を取り留めたんだよな。意識が戻ってないから事情を聞けないのか」

「はい」

「行方不明になったのが、事件の後だったら、いきすぎた痴話《ちわ》喧嘩ということになるんだろうが、うーん」

「そのマッチングアプリですが、気になる書き込みを見つけました」

それまでスマートフォンを操作していた藤原がここで話に入ってきた。

「気になる？　ヤクザ絡みか？」

聞いたことねえなあ、と眉《まゆ》を顰《ひそ》めた高円寺に対し、藤原が首を横に振る。

「暴力団がバックにいるかどうかはわかってないんですが、アプリの人気につけ込んで、出会いではなく、不動産や株、それにファンドの投資の勧誘のアルバイトが今、水面下で流行《はや》っていて、運営側は迷惑していると」

「やっぱり！」

それを聞き、瞬が大きな声を上げたものだから、その場にいた皆の注目が一気に集まることとなった。

「相変わらずでけえ声だな」

高円寺が呆れた声を上げるのに、「すみません」と小さくなって謝る。

「元気なことはいいことだ。で、なんで『やっぱり』なんだ？」

「実は……」

ここで瞬は、佐生が立て続けに相手から投資を持ちかけられた話をしたのだった。

「なるほどね。えーと、りかちゃんだったか？　彼女もそのアルバイトをやっていたと、その可能性がある……のか？」

「それこそなりすましかもしれません。第一今、彼女は姿を消している。自ら身を隠しているのであれば、マッチングアプリでやりとりするような、気持ちの余裕があるとは思えません」

「だよなあ。足がつくかもしれないしな」

「となるとなりすまし……ですかね」

徳永がそう言ったとき、瞬のスマートフォンが着信に震えた。画面を見て、かけてきたのが佐生とわかり、徳永らに声をかける。

「佐生からです。出ますね」

「ああ。頼む」

徳永が即座に反応する。この状態で彼が連絡を入れてくるとしたら、マッチングアプリの女性から何かしらのアクションがあったとしか思えなかったからで、予想どおり、瞬が電話に出るとすぐ、佐生がもどかしげに喋《しゃべ》り出した。

『瞬、彼女から電話がきた！』

「話したか？」

『いや。様子を見たほうがいいかと思って出ないでいたら、留守電が入ってた。またかけるって』

「ありがとう」

礼を言うと瞬は内容をすぐ、徳永らに伝えた。

「番号があるなら持ち主を調べりゃいい。よっしゃ、そっちは俺がやるわ」

明るく手を挙げる高円寺に、徳永が「すみません」と頭を下げる。

「気にすんな。まったく関係ない俺が調べたほうがあとあと問題になることもねえからよ」

そう言うか言わないかのうちに高円寺は立ち上がると、

「ミトモ、それじゃまたあとでな」

と店主に声をかけ、店を飛び出していった。

「俺も、もうちょっとさっきの件、調べてみます」

藤原もまた立ち上がり、ミトモと徳永、それに瞬に笑顔を向け、店を出ていく。

「我々も行こう」

徳永は瞬に声をかけると、財布から取り出した一万円札をカウンターに置いた。

「取り敢《あ》えず今日の飲みの分です。依頼料についてはまた別途」

「水しか出してないのに悪いわね」

ミトモの笑顔に送られ、瞬と徳永も店を出た。

「りかさんの電話のほうはどうしましょう」

「高円寺さんからの報告を待ってからアクションを起こそう。個人的見解だが、本人である確率は著《いちじる》しく低いと思われる。そもそもりかさんはスマホを落としている。二台持ちという可能性は勿論《もちろん》あるが」

「そうですね。となると本物のりかさんはどこにいるんでしょう」

「麻生は彼女のアパートを一応確認してくれ。まず戻っていないとは思うが」

「わかりました」

「俺は江川さんのアパート近辺で若い女性が身を隠せそうな場所を探す。麻生もあとから合流してくれ」

「わかりました！　すぐ行ってきます！」

りかのアパートの場所は大原から聞いていた。鍵《かぎ》も預かっている。向かった先に彼女が普通に戻っていてくれればいい。望めないであろうことはわかっていながらも瞬はそう祈りつつ、ちょうど走ってきた空車のタクシーをつかまえようと手を高く上げ、スピードを落とすその車へと向かいダッシュしたのだった。

6

予想どおり、りかのアパートは無人だった。電気がついていなかったことでわかったが、一応、と瞬は室内に足を踏み入れ、室内やユニットバス内をチェックし、立ち寄った形跡がないと確信した。

大原の言ったとおり、質素な部屋だった。清潔で整然と整理された室内の様子から、部屋の主の几帳面《きちょうめん》で真面目《まじめ》、そして思いやりがありそうなといった性格が読み取れる。

江川と思しき男と映っている写真も見た。隣の空《から》の写真立てには、祖父母との写真が飾られていたのだろう。他には海で友人らと水着で写っている写真がある。キラキラした笑顔が眩《まぶ》しいなと思いつつ、他に写っている人間をチェックし、江川以外に今日、現場近くですれ違った学生の顔をそこに見出《みいだ》した。

大原と現場でかち合ったという、茶髪の男のほうだった。去年の夏の写真だろうか。場所は沖縄ではないようである。

もっと近場の、そうだ、湘南《しょうなん》っぽいなと首を傾《かし》げた瞬だったが、すぐ、この写真の場所など考え込んでいる場合ではなかったと我に返ると、電気を消し、きっちりと施錠《せじょう》した上で、りかのアパートをあとにした。

徳永に連絡を入れ、池袋駅で合流する。

「自ら姿を隠していると仮定する。上京して一年、東京にさほど明るくない彼女が身を隠すとしたら？」

「ホテルはない気がします。あってカプセルホテルか……あ、ネットカフェはどうでしょう」

値段的にも支払える金額であろうし、個室にこもっていれば人と顔を合わせずに済む。加えてインターネット使い放題のところが多い。今、スマートフォンを持っていない彼女が情報収集をネットに求める可能性は高いのではないか。

もしも彼女が江川を殴《なぐ》ったのだとしたら、特にそれに関する情報はほしいだろう。

「数は多いが、一軒ずつ当たっていくとするか」

徳永もまた同意見だったようで、二人して地域の分担を決めると駅近くから聞き込んでいくことにした。

「すみません、この女性を探しているんです。家出人なんですが」

警察手帳を見せた上で、家出人捜査と偽る。犯罪とは無関係というスタンスでの聞き込みであれば、店側も身構えずに話を聞いてくれるだろうという徳永の読みは当たり、どの店でも邪険に扱われることなく、店によっては個室内をすべて見てもらって結構、との許可を与えてくれもしたが、りかを見つけることはできなかった。

店の範囲を広げたほうがいいだろうか。それともネットカフェではないのだろうか。十軒目のチェックを終え、手がかりを見つけることができずにいた瞬は、ネットカフェに絞《しぼ》ったことに自信を失いつつあった。

他にどんな場所があるだろう。ああ、そうだ。友人宅ではないのか。大学生ならその確率のほうが高かったのでは。

友人といって一番に思いついたのが、写真にも写っていた茶髪の男だった。他に彼と一緒にいたスポーツマンタイプの男と若い女性二人。彼らを探し話を聞いてみたい。とはいえ、偶然行き当たるなどあり得ないだろうから、明日、大学に行ってみるか。

大原が江川を探しに大学に行ったように、と考えはしたが、それが今できないのであれば、今は今、できることを邁進《まいしん》しようと気持ちを切り替え、残りの店を確認するべく瞬は歩き始めた。

と、スマートフォンに徳永から着信があり、慌てて通話ボタンを押す。

『「いい子」であれば、友人に迷惑をかけたくないという心理も働きそうだ。ともかく今
　しかし、と徳永が言葉を続ける。
人や二人はいそうだし』
な。大原の言うような「いい子」であれば、非常事態時に手を差し伸べてくれる友人の一
『昼間の感じでは彼らは行方《ゆくえ》を知らないようだったが、たしかに、友人を頼るのはありだ
いるということはないでしょうか」
「部屋にあった写真に、昼間見かけた茶髪が写っていました。彼や他の友人がかくまって
　ここで瞬は、ネットカフェより友人を頼ったのではないかという考えを徳永にぶつけた。
「わかりました。あの」
まずは彼女を探すことが先決だ。池袋が終わったら駅を移動する』
『そうだな。りかさん本人が知らずにかかわっていたかどうかはわからないが、ともあれ、
じがします」
「やはり、藤原さんが言っていた『アルバイト』ですかね。考えていた以上に組織的な感
まず、なりすましで間違いないだろう』
『高円寺さんから連絡があった。スマホの番号はプリペイドで持ち主は辿《たど》れず、だそうだ。
「はい、麻生です」

はネットカフェをしらみ潰しに当たっていこう』

「わかりました」

確かに、迷惑をかけられないという心理はありだ、と瞬は納得した。もしもりかが江川を殴ったのであれば、かくまった相手には確実に迷惑がかかる。それをわかって尚、頼るか否《いな》か。りか本人を知らないゆえ、正解はわからない。が、写真の意志の強そうな瞳を思い起こすに、誰にも迷惑をかけず独力で解決しようと思うのではないか。

となるとやはりネットカフェが一番可能性として高そうだ。今まで巡ってきた店内の様子を思い起こし、一人納得して頷《うなず》くと瞬は、次の店の場所をチェックするべくスマートフォンの地図を立ち上げた。

最寄駅は東池袋となるネットカフェに聞き込みをかけた瞬は、初めてりかの消息に触れることできた。

「この子だったら、夕方くらいまでいましたよ。昨日一泊したんじゃなかったかな」

「ど、どんな様子でした?」

勢い込んで尋ねてしまった瞬にたじろぎながらも、ネットカフェの受付の若い男は、りかのことについて話してくれた。

「特にこれといって気になったことは……お金があまりないのかな?　とは思いました。

財布開いたときにちらっと見えちゃったんだけど、ここ払ったあと、千円札一枚くらいしか残ってなかったような」

「そうですか。他には……」

「いや、特には」

「思い詰めている様子だったとか、人目を気にしているふうだったとかは……」

「いやあ、俯《うつむ》いてはいましたけど、特にそんな様子は……。あまりじろじろ顔は見ないようにしているので、気がつかなかっただけかもですが」

きっと聞いても『わからない』という答えが返ってくるに違いないと思いつつも瞬は、「そのあとどこに向かおうとしていたかは、わかりませんよね？」

と店員に問うてみた。

「もしかしたら」

予想に反し、店員が手元にあったちらしを差し出してきた。

「これ、系列店でも使える半額チケットです。渡したら興味深そうに見ていたので、近くの系列店に行ったのかも」

「ど、どこにあるんですか？」

お金があまりないということであれば、半額チケットを使う可能性は高いのではないか。

瞬の勢いにまたも押されながらも、店員は店舗《てんぽ》の一覧表と一番近い店を教えてくれたのだった。

店を出ると瞬は徳永にすぐさま報告をし、そこから徒歩にして十分ほどのところ、としま区民センターの近くにあるその店で待ち合わせをすることになった。

そこにいなければ他の店を探すことになろうが、瞬の刑事の勘が、りかはそこにいるに違いないと告げていた。

店の前には先に徳永が到着していた。

「今、小池から連絡があった。大原が出頭してきたそうだ」

「……っ。そうですか」

大原が徳永や自分の信頼を裏切るような行為をするとは、瞬とて思っていたわけではなかった。が、実際出頭したと聞くとやはり感じ入らずにはいられなかった。

「黙秘を貫いているとのことだった。送致までに新垣りかさんを探し出し、真相を究明するぞ」

徳永の目には真摯《しんし》な光が宿り、口調には彼の決意がこれでもかというほどあらわれていた。

「はい」

大原の信頼を裏切るようなことは絶対にすまい。瞬もまた徳永に対し大きく頷いた。二人目を見交わしたあと徳永が「行くぞ」と瞬を促し、店へと入る。

「すみません、家出人の捜査なのですが」

今まで同様、受付で瞬は警察手帳を見せたのだが、若い女性の受付はそれを聞き、思わぬリアクションを見せた。

「あ、今さっき、二号店の店長から連絡がありました。若い女の子を捜してるんですよね。結構美人の。あと、割引券持ってるっていう」

「はい。そのとおりです」

前の店の店長のおかげで話が早い。感謝しつつ瞬は頷き、りかの写真をスマートフォンで示した。

「彼女なんですが」

「あ、やっぱりそうだ。話を聞いたときからもしやと思っていたんです。いますよ、ウチに。割引券使えるか、聞かれたし。綺麗《きれい》な子ですよね」

「そうですか！」

思わず声が高くなりそうになったが、注目を集めるわけにはいかない、と瞬は直前でトーンを落とすことができた。横で徳永が、それでいいというように頷いている。

「十七番のブースです。さっきざっと見回ったんですが、フロアにはいませんでしたから今はブース内にいると思います。あの」

と、ここで受付の女性が声を潜める。

「他のお客さんにはできれば気づかれないように、お願いできますか？　ネットで拡散とかされたら面倒なので……」

「わかりました」

りか本人と面識はない。大原から聞いた印象は『素朴《そぼく》ないい子』というものだが、大原もまた、彼女とは数度会っただけのようである。

もしもりかが、江川を殴《なぐ》った犯人だったとしたら、警察官の来訪を大人しく受け入れるだろうか。逃走を図る可能性は当然あると思われるので、心してかからねば。

緊張を新たにしつつ瞬は、徳永の先に立って店内へと進み、十七番のプレートがかかったブース前に立った。

「目立たないようにすぐ入るぞ」

徳永が背後から囁《ささや》いてくるのに、ごくりと唾《つば》を飲み込んでしまいながらも瞬は「はい」と返事をし、ドアをノックする。

「失礼します」

中からの答えを待たず、瞬は扉を開いた。ブース内でドアに背を向け、ヘッドホンをしていた若い女性がぎょっとしたように振り返る。

「……新垣りかさん、ですね？」

間違いない。写真のままの女性が、瞬を、そして徳永をかわるがわるに見やったあと、こくん、と首を縦に振った。

「警察です。少々お話を聞かせていただきたいのですが」

瞬が手帳を見せると、りかは呆然《ぼうぜん》としていた。見たところ逃走の意思はないようである。が、油断はできないと思いながら瞬は彼女に声をかけた。と、りかがヘッドホンを外し、両手を手首で合わせた状態で瞬へと差し伸べてくる。

手錠《てじょう》をかけてもよい。そういう意思表示だろう。ドラマの見過ぎのようなと思いながらも瞬は、どのような罪で逮捕を覚悟していたのかと、それを尋ねたくなった。

とはいえ、ブース内で話を聞くと、他の客の注目を集めるのは間違いない。徳永をちらと見ると、外へ、と目で促してきたので、

「取り敢《あ》えず、ここは出ましょう」

とりかに声をかけ、彼女のかわりに支払いをすませるとネットカフェをあとにした。

ゆっくり話を聞ける場所の心当たりなどなく、車で来ていたわけでもないので車内で話

すこともできず、仕方なく瞬と徳永は警視庁の地下二階、特殊能力係にりかを連れていくことにした。

タクシーにりかと共に乗り込み、行き先を告げる。地名のみを告げたのでりかは最初戸惑った顔になったが、自分が連れていかれるのが警視庁だとわかると、ほぼ白といっていいような青さだった彼女の顔はますます青ざめ、身体《からだ》は細かく震え始めた。

きつく唇を噛《か》んでいるが、それは泣くのを堪《こら》えているからのように見える。タクシーの後部シートにりかと徳永、助手席に瞬が乗ったのだが、車内では会話は一言も交わされなかった。

建物の手前でタクシーを降り、三人で歩く。徳永はりかの腕を摑《つか》んだりはしていなかったが、まったく隙《すき》の無い状態であることは、少し離れて歩いていた瞬もひしひしと感じることができた。

りかは絶望的な顔をしていた。が、エレベーターで地下二階に下り、倉庫の中としか思えない特殊能力係に連れてこられると、戸惑った様子となり、その場に立ち尽くした。

「あ……の？」

「まずは座ってください。コーヒー、飲みますか？」

徳永が穏やかな口調でりかに問う。

「あの……」

りかは狐につままれたような顔となっていた。

「我々は間違いなく警察官です。ここは我々の職場で、その、怪しい場所じゃないです」

何か言わねばと焦ったせいで、我ながら意味不明のことを言ってしまった、と、言った傍から瞬は後悔《こうかい》した。りかはますます唖然《あぜん》とした顔になったが、それで緊張が解けたのか、ふ、と小さく息を吐く。

「麻生、コーヒーを」

「は、はい」

これ以上馬鹿なことを言わせないという意思表示か、徳永が瞬にコーヒーを淹《い》れるよう命じる。すみません、と心の中で謝りながら瞬はバックヤードへと向かい、コーヒーメーカーをセットし始めた。

三人分のコーヒーを盆に載せ、デスクへと戻ると、徳永は小池が自分用に持ってきていたパイプ椅子《いす》に彼女を座らせていた。この部屋に人を迎えることは小池以外滅多《めった》にないので今まで必要性を感じていなかったが、応接セットまではいかなくても、対話スペースはあったほうがいいのかもしれない。そんなことを思いながら瞬はりかにコーヒーを渡し、続いて徳永にも手渡した。

「……ありがとうございます」

りかの緊張は少し解れているようだった。コーヒーを一口飲んだあと、はあ、と大きく息を吐き、徳永を、そして瞬を見つめる。

瞬と徳永は自分の椅子を彼女の傍へと運んでいた。順番に二人を見つめたあと、りかはその場で深く頭を下げた。

「私が……江川光成さんの頭を殴りました。殺してしまったのではないかと思います。本当に申し訳ありませんでした」

りかは深く反省しているように見えた。やはり彼女が犯人だったのかと、瞬は納得したものの、観念しすぎのような気がして、思わず彼女をまじまじと見つめてしまっていた。

江川の生死についてわかっていないことも気になるが、何より、現場から逃走し、ネットカフェに身を隠したという行為は、逮捕を免れようという意思からではないのか、と瞬が考えているのがわかったのか、顔を上げたりかは何か言いたそうな表情を浮かべた。

「状況を説明してもらえますか」

徳永がいつものような淡々とした口調で問いを発する。相手が若い女性だからか、いつもよりは口調が穏やかなような、と感じていた瞬をちらと見やったあと、徳永が言葉を足した。

「三日前はあなたのお祖父《じい》さんの誕生日でしたが、その日から今日までの間、あなたの身に何が起こったのか、説明してもらえますか？」

「え？　ど、どうしておじいちゃんの誕生日をご存じなんですか？　あ！」

戸惑った顔をしていたりかがここで大きな声を上げる。

「沖縄に連絡が行ったんですか？　おじいちゃんやおばあちゃんに私のことを聞いたんですか？　私……私……っ」

りかの瞳に、みるみるうちに涙が溢《あふ》れる。

「落ち着いて。沖縄にはまだ警察から連絡はいっていないはずです。我々はお祖父さんの誕生日にあなたから連絡がなかったという話を、大原から聞いたんです」

「……え？」

涙を堪えきれなくなり、俯《うつむ》いていたりかの顔が上がる。

「大原さんが……？　なぜ……？」

意外な展開が彼女の嗚咽《おえつ》を止めてくれたようだった。よかった、と安堵《あんど》していた瞬の前で、徳永が理由を説明する。

「お祖父さんのさとうきび農園を手伝っている大原海は、我々の元同僚なんです」

「え。大原さん。元刑事だったんですか？」

初めて知った、とりかは目を見開いている。

「はい。その大原は今、江川さんを殴った犯人として警察の捜査対象となってます」

「そんな馬鹿な。大原さんは今、沖縄にいるはずです。それに私、光成のことをおじいちゃんやおばあちゃんには知らせていません。勿論《もちろん》、大原さんにも」

「あなたに連絡を取ろうとしたが、二日間電話が通じず、新垣さんご夫婦が心配されていたので、もともと東京に住んでいて地理に明るかった大原が、あなたの様子を見るために上京したんですよ」

徳永の説明は、瞬には非常にわかりやすかった。が、動揺《どうよう》しているりかの頭には入っていかないようで、

「え？　どういうことですか？」

とただただ戸惑っている。

徳永はそんな彼女に対し、再度、より丁寧《ていねい》に状況を説明し、おかげでりかは、大原が東京にいることは理解したようだった。

「私のアパートで、光成と……江川さんと私が写っている写真を見て、大原さんがコンタクトを取ったと……さすが元刑事、写真だけで江川さんの身元がわかったんですね」

感心するりかを前に、写真を見ただけで即座に江川を捜し当てることができたのは大原

だったからだと、瞬は心の中で呟《つぶや》いていた。

「それが昨日のことです。連絡が取れない間、あなたはどこで何をしていたのですか？」

徳永の問いかけに、りかは黙った。しかし答えを拒絶しているわけではなく、考えをまとめているように見える。瞬が観察する中、りかがようやく口を開いた。

「江川さんの部屋に……私、監禁《かんきん》されていたんです」

「えっ」

『監禁』という衝撃的な単語に、瞬は思わず声を上げてしまった。

「……本当なんです……」

それを疑われたと思ったらしいりかが、力なくそう言い、項垂《うなだ》れる。信じてもらえないと思ったからこそ、言うのを躊躇《ためら》っていたのかと察したと同時に申し訳なくも思い、瞬は慌ててりかにフォローの言葉を告げたのだった。

「失礼しました。驚いただけで疑ったわけじゃありません」

「監禁されるに至った理由や経緯を教えてもらえますか」

焦りまくる瞬の横から徳永が、実に冷静な口調で問いを続ける。

「……私、居酒屋でバイトをしているんですけど……」

徳永に促され、りかは話を始めた。彼女のバイト先に監禁の理由があるのだろうか。一体どのような。意外な展開となっても声は出すまいと心に決めた瞬は唇を引き結び、りかの話を聞いていた。

「お客さんから、マッチングアプリをやっているかと聞かれて。最初に言われたときには、人違いだろうとあまり気にしていなかったんですが、別のお客さんからも言われたのと、そもそも付き合う気がないならやめたほうがいいと注意までされたので、気になって。傍にいた店長がそのお客さんに詳しく聞いてくれて、マッチングアプリに自分の写真が登録されていることを知ったんです」

「……っ」

なりすまし、ということか。すんでのところで声を堪えた瞬をちらと見やったあと、徳永が彼女に質問を発した。

「あなた以外の人が、あなたの写真を使って登録したということですね」

「はい。マッチングアプリなので本名はわかりませんが、登録されている名前も一文字違いだし、プロフィールもほぼ私のものでした。違うのはマリンスポーツが趣味ということくらいです。登録したのは私のことをよく知っている人だとわかって非常に気味悪く感じたんですが、プロフィールの写真を見ているうちに、撮ったのは江川さんだと思い出したんです。ちょっと前に、公園でなぜかスマホのカメラを向けられて写真を撮られたなと。

一緒にいるとき、写真を撮るのは主に私で。勿論ツーショットです。なのに私だけの写真を撮るなんて珍しいなと違和感があったのでよく覚えていたんです」

「写真を撮ったのが江川さんなら、なりすましでマッチングアプリに登録したのも彼だと思ったんですね。彼を問い詰めたんですか？」

徳永が経緯を説明させるべく、問いで誘導する。

「はい。お客さんから聞いた話では、マッチングアプリで私が不動産投資をしつこく勧めてきたということだったので、相当頭にきていて。バイトのあとすぐに彼に連絡を入れて、問い詰めました」

「江川さんはなんと？」

「……電話で、私が激怒しているのがわかったようで、すぐアパートに行くからと。お客さんからアプリのスクショを貰《もら》ってたので、写真を見せて、登録したのはあなたでしょうと問い詰めました。最初は認めなかったんですが、スマホの写真フォルダーを見せてほしいといったら観念したようで……でも逆ギレされてしまって」

話しているうちにりかの頬《ほお》が紅潮してくる。そのときの怒りが蘇《よみがえ》ってきたのだろうと瞬は彼女を見守っていた。

「怒る筋合いはないでしょうと、私もヒートアップしてしまって。勝手にマッチングアプりに登録するなんて酷《ひど》い、すぐ退会して、しないなら私がなりすまされたとクレームを入れると怒鳴ったら、俺を信用しないのかと。信用できるわけがないでしょう、そもそもなんでなりすましなんてしたのと更に問い詰めたら、お金だと……」

「どこからお金が入ると言ってましたか？」

徳永がここで問いを挟む。

「詳しいことは何も……バイトみたいなものだ、そこまで言うならお前にもらった金を払うと言われて、一体何を考えているのかと、ここで私は更にキレてしまって」

興奮していたりかが、ぞっとしたように身を震わせた。

「信じられない、訴えてやる、警察にも行く、もしそうなったらせっかくとれた内定も取り消しねと言ってやったんです。そうしたら……」

りかが両手で己の身体《からだ》を抱き締める。

「殴《なぐ》られた？」

そのまま黙り込んでしまったりかに、徳永が問いかける。

「……いえ、そのときには。落ち着け、俺が悪かったと、謝ってきたんです。許すことはできなかったけど、詳しい事情をまだ聞いていなかったので、それを聞きたいと言ったら、話すので、コーヒーを飲ませてもらえないかと言われて。それでコーヒーを淹《い》れにいこうとしたら、後ろから頭を殴られて」

「……っ」

　まさか暴力に訴えてきたとは。唖然《あぜん》としていた瞬はそれを顔に出してしまったのだが、徳永はどこまでも平然としていた。

「殺意があったと思いますか？」

「……そこはわかりませんでした。私が騒いで、内定を取り消されたら困る。それしか考えていなかったみたいです。なんというか……本当にそんな人なんです。後先を考えないというか、今をやりすごせばなんとかなると思っているというか……」

「……それで？　彼の家に連れていかれたんですか？」

　徳永が少し先回りをして問いかける。りかの部屋には鍵《かぎ》がかかっていなかった。意識を奪って部屋から連れ出し、監禁したのかと納得していた瞬の前で、りかが頷《うなず》く。

「はい。気がついたら彼の部屋で、手足の自由を奪われていました。猿轡《さるぐつわ》も嚙まされていて。怖かったです……殺されるんじゃないかと思ってました……」

　りかが己の身体を抱く腕に力を込めたのがわかる。彼女の顔は今真っ青で、彼女が覚えていた恐怖を瞬もまた共有することができた。

「食事などは？」

徳永のスタンスは変わらず、りかを気遣いながらも慰めたりすることはなく、淡々とした口調のまま問いを発していた。

「食事も、それに水も与えられていました。トイレにも行かせてもらえたし……食事といってもコンビニのサンドイッチとかでしたけど、その間は手のロープも猿轡も外してもらえるので、解放して欲しいと訴えました。絶対に誰にも喋《しゃべ》らない、アプリに登録したままでもいい……本当は嫌でしたけど、なんとか彼の部屋を逃げ出したくて。彼もどうしたらいいのかわからなくなっている感じになっていたので、説得できるかなと思って、それで少し強めに訴えかけたら、それがよくなかったみたいで……」

また、彼女の顔に恐怖の色が濃く現れる。

「首を絞《し》められそうになって、怖くて……近くにあった灰皿で殴ってしまったんです。血がどくどく出て、彼、動かなくなって。殺してしまったんじゃないかと思ったときには、アパートを逃げ出していました……」

今のは——自供だ。思わず息を呑《の》んでしまった瞬にりかの視線が向けられる。

泣き出しそうな顔をしている彼女を前に瞬は、もしも大原が今、自分の代わりに警察で取り調べを受けていると知れば、どれほどショックだろうと案じずにはいられないでいた。

7

恋人のR大生、江川を殴って逃げたことを自供したりかを、徳永はどうするつもりなのか。自首を勧めるのだろうか。それとも、と瞬が見守る中、徳永が彼女に問いかけた。

「もし我々があなたを見つけ出さなかったとしたら、あなたはどうするつもりでしたか?」

「…………わかりません」

りかは暫《しばら》く考えていたが、やがて項垂《うなだ》れ、首を横に振った。

「スマホを落としてきたことに気づいたので、状況を確認したくてネットカフェに入りました。全然ニュースにならないので、まだ発見されていないのだろうかと、やきもき……というか、落ち着かないというか、ずっとそんな気持ちでした」

「江川さんを殴ったあと、救急車を呼ぼうとは思わなかったのですか?」

徳永の目が縁無《ふちな》し眼鏡《めがね》の奥でキラリと光った気がする、と瞬は二人を観察していた。

「……びっくりしてしまって……大量に出血していたし、ぴくりとも動かなかったので、もう怖くて……」

答えてからりかは、「でも……そうですね」と反省した顔となり言葉を続けた。

「すぐに救急車を呼べば助かるかもしれないと考えて一一九番通報をするべきでした。あのときは頭が真っ白になってしまって……」

俯《うつむ》くりかの大きな瞳に涙が溜まってくる。

「私が逮捕されたらおじいちゃんおばあちゃんがどんな気持ちになるかと……二人を悲しませたくない。それしか考えられなかったんです……。ずっと隠れていることなんてできるはずないとわかっていたのに、ニュースになるまではと、ずるずると先延ばしにしていました。ちょっとでいいので、おじいちゃんやおばあちゃんの顔を見たい。でも私がしたことを知れば二人は本当にショックを受けるだろうから、会わないほうがいいだろうかと……私も光成のことは言えませんね……」

りかの頰《ほお》を涙が伝う。

二日も監禁《かんきん》されていたのだ。相手が恋人であったとしても、どれほどの恐怖を味わったことだろう。

その上、今の彼女の話を聞く限り、先に手を出したのは江川のほうで、彼女は身を守ろうとしたに過ぎない。

　正当防衛が成立するのではないか。そのあと、現場から逃走したことは問題視されるかもしれないが、と瞬は徳永を見やった。視線を感じたのか、徳永もちらと瞬を見たあと、視線をりかへと戻し、口を開いた。

「江川さんは現在意識不明ではありますが、一命を取り留めています」

「……っ。本当ですか……」

よかった、とりかは呟《つぶや》いたが、すぐ、我に返った顔になった。

「よくはないですね。意識不明なら……でも、命を奪っていなくてよかったです」

申し訳ありませんでした、とりかは頭を下げたあと、ネットカフェでしてみせたように、両手を前に差し出してきた。

「手錠《てじょう》、お願いします」

「捜査一課に行きましょう。あなたのかわりに大原さんが取り調べを受けています」

「えっ？　大原さんが？　どうしてです？」

りかが、信じられないというように目を見開き、高い声を上げる。

「あなたが逃げ出した直後に現場に居合わせたんです。江川さんがあなたのスマートフォンを握っていたので、あなたを庇《かば》うためにスマートフォンを江川さんから奪い、それを持って現場から逃走しました。そこを江川さんの友人に見られただけでなく、その場に財布を落としてしまったため、容疑者と見なされることになりました」

「大原さんが容疑者だなんて……でもどうして大原さんが光成のアパートに？」

りかは呆然《ぼうぜん》としていた。が、疑問に気づくことはできたようだった。

「その辺の話は、本人から聞くのがいいでしょう」

今問題にすべきは、そこではないはずだ、という徳永の指摘にも、彼女は気づいてくれた。

「はい。大原さんの疑いを晴らさないといけませんね」

頷き、立ち上がったとき、徳永のスマートフォンに着信があった。画面を見た彼が、

「すみません」

とりかに断ってから通話に出る。

「はい。徳永……そうか。わかった。今から捜査一課に行くよ」

短い通話を終えた徳永が、りかに向かって口を開く。

「江川さんの意識が戻ったそうです。まだ事情聴取はできていないとのことでしたが」

「よかった……本当に……」

ああ、とりかが両手に顔を埋める。一命を取り留めたにしても、意識が戻っていないと

聞き心配していたのだろう。瞬もまた安堵《あんど》しつつ見守る中、りかはすぐに顔を上げると、

「すみませんでした。行けます」

と、涙を拭《ぬぐ》いながら徳永に向かい、きっぱり頷いてみせた。

徳永がりかを捜査一課に連れていくのに、瞬は同行しなかった。行きたいと言えば許されそうな気もしたのだが、同行する理由は好奇心でしかなく、りかに悪いと思ってしまったのだった。

一人になると瞬は、今朝からの怒濤《どとう》のような出来事を思い返し、思わず溜め息をついていた。

結局飲まないままになっていたコーヒーを捨て、戻ってくるであろう徳永のためにも、と新たにコーヒーメーカーをセットする。

コーヒーができあがるのを待ちながら、果たして江川は警察に対し、正直にすべてを明かすだろうかと、瞬は首を傾《かし》げた。

もともとは江川が、小遣い稼《かせ》ぎか何かは知らないが、金のためにりかの写真やプロフィールを使ってマッチングアプリに登録したことが原因だった。

怒ったりかが彼を責めたので、逆切れした上で監禁した。内定が出ている就職先に知られたくなかったから、というが、あまりに考えがなさすぎる。

そもそも江川はりかをどうするつもりだったのだろう。できあがったコーヒーをカップに注ぎながら瞬は首を傾げた。

ずっと監禁しておくことは、誰がどう考えても不可能だ。りか曰《いわ》く、彼はあとさき考えず、その場をしのげればなんとかなると考えるような男だというが、それにしては、りかを一旦安心させておいて殴《なぐ》って意識を奪うなど、少々手が込んでいる。

殺すつもりだったが勇気がなかったのではないか。そう思いつき、ぞっとしたあまり瞬は身を震わせてしまった。

と、ドアが開く音がしたので、瞬はバックヤードから自分らのデスクのある場所へと駆け戻った。

「お疲れ様です」

瞬が予想したとおり、部屋に入ってきたのは徳永だった。

「コーヒー、飲みますか？」

「ああ、頼む」

徳永は少し疲れているように見えた。りかと共に出ていってから気づけば結構時間が経っている。大原からコンタクトがあったことを省《はぶ》いた上で、りかを探し出し、連れてきた理由をどのように捻《ひね》り出したのか。徳永だけにそつなくこなしたのだろうが、それでも捜査一課の面々を納得させるのは相当大変だったに違いない。まずは慰労《いろう》を、と瞬は急いでバックヤードに取って返すと、徳永のためにコーヒーを淹《い》れ、すぐさま彼のもとに戻った。

「どうぞ」

「用意がいいな」

徳永が苦笑しつつ受け取り「ありがとう」と礼を言う。飲む姿を見守っていた瞬へと視線を向けると、彼が最も知りたがっていたことを即座に見抜いたらしく、話し始めた。

「彼女のいないところで、ここで聞いた話を皆に説明した。大原とのかかわりについては、彼女から話を聞いたていで説明したが、信用されたかはわからないな」

またも苦笑を浮かべる徳永だったが、特に気にしているように見えないのは、たとえ嘘だと見抜かれたとしても問題にされることはないと見越しているからに違いない。

それだけの信頼関係が築けているということなのだろうと納得していた瞬の前で徳永は、

「そうだ」

と声を漏《も》らすとポケットからスマートフォンを取り出した。

「ミトモさんや高円寺さんに連絡をいれなければいけないな」

「あ、そうですね」

今、彼らはマッチングアプリについて調べてくれているのだった、と、言われてようやく瞬は思い出した。

りかが出頭した今となっては、調査は不要になったといってもいい。もしもあのアプリが詐欺の温床《おんしょう》となっているのなら勿論《もちろん》、捜査の手は入ったほうがいいに決まっているが、と考えていた瞬の前では、徳永が電話をかけ始めていた。

「徳永です。先程の調査の件なのですが」

口調からするとかけた相手はミトモのようだ、と聞いていた瞬の前で、徳永の顔色がさっと変わる。

「えっ？」

「そうですか……わかりました。今から伺《うかが》ってもいいですか？」

何があったというのだろう。つい声を漏らしてしまった瞬へと視線を向けることなく、徳永は、

「それではまたあとで」

と挨拶《あいさつ》をし、早々に電話を切った。

「ミトモさんの店に行くんですか？」

「ああ。お前も来るか？」

立ち上がりかけていた徳永に問われ、瞬は勿論、と頷《うなず》いた。

「行きます！」

「行こう」

ならば、と頷く徳永の顔に笑みはあったが、物憂《ものう》げな表情も薄れていない。何があったのかと思いはしたが、急いでいる様子の徳永に聞くのも憚《はばか》られ、瞬はすぐにバックヤードに二人のカップを運んでコーヒーメーカーの電源を落とすと、ドアのところで待っていた徳永と共に職場をあとにしたのだった。

既に地下鉄の動いていない時間であったが、徳永が移動手段に選んだのは覆面パトカーではなくタクシーだった。

酒を飲むということか、と思いながら瞬は、運転手に聞かせるわけにはいかないと、車中で話を聞くことは諦め、徳永とは逆の車窓《しやそう》から深夜の街の風景を眺めていた。

こうしてすぐに話を聞きに行くことになったのは、やはりあのマッチングアプリは詐欺にかかわっていたということか。アプリそのものではなく、速水優奈と名乗っていたりかの『なりすまし』が暴力団絡みだったのか。

りかの写真とプロフィールを勝手にアプリに登録した江川は、金目当てだと言っていたという。その金はどこから出ていたのだろう。江川が登録したのは、りかだけなのだろうか。

考えているうちに、タクシーは目的地である新宿二丁目に到着した。瞬が支払おうするより前に徳永がスマートフォンで支払いを済ませており、恐縮しながら車を降りると、徳永と共にミトモの店に向かう。

「いらっしゃい。待ってたわ」

店内には、ミトモと高円寺、藤原が既に到着していた。他に客はいない。

「遅い時間に申し訳ない」

ミトモと、そして高円寺と藤原にそれぞれ頭を下げる徳永に倣《なら》って瞬もまた頭を下げた。

「宵《よい》の口《くち》よ、まだ」

がははと笑う高円寺の横で、藤原が「とかいって」と揶揄《やゆ》する口調になる。

「タローちゃんが待ってるんじゃないですか」

「あいつ電話に出ねえのよ。まあ、それはともかく」

頭を掻《か》いていた高円寺が、視線を徳永と瞬へと向ける。

「まあ座ってくれ。飲めるよな?」

「タクシーです」

「よっしゃ、飲もう」

「あ、俺のボトルでお願いします」

黙っていると、ミトモは高円寺のボトルから酒を注ごうとする。理由はさっぱりわからないものの、ミトモは高円寺のボトルを空《から》にすることに生きがいを覚えているようである。それで敢えてそう告げたと思《おぼ》しき徳永に向かい、ミトモは、

「いいのよ、気を遣わなくて」

とにっこり笑うと、高円寺のボトルからドバドバとグラスに酒を注いだ。

「坊やもロック？　水割り？」

「み、水割りで」

今、店内にいる面子《めんつ》は全員、『ザル』といっていいほどの酒豪《しゅごう》ぞろいなのだった。人並みには飲めるがそれ以上は無理というのは自分だけだとわかっているため、瞬はミトモにそう頼み、「いただきます」と高円寺に頭を下げた。

「気にすんな。そうそう、瞬の同居人、佐生君だったか。もしかしたら警察から事情聴取を受けるかもしれないぜ」

「えっ。佐生が？」

何かやらかしたのか、と焦った直後、もしや、と思いつきそれを口にする。

「あのマッチングアプリでやり取りしたからですか？」

「そう。沖縄の美人、『りな』だったか。あのアカウントを調べたところ、広域暴力団の

赤池組《あかいけぐみ》との繋《つな》がりが出てきてな」

「暴力団ですか！」

「アプリ自体が暴力団絡みだったんですか？」

驚きの声を上げる瞬の横から徳永が問い掛ける。

「いや、人気のアプリに暴力団が目をつけたというところだ。赤池組は今のところ水面下で動いている。大学生何人かを窓口に、サクラを登録させるアルバイトを募《つの》っている。その『サクラ』にファンドや不動産投資をやらせているってわけだ」

「なるほど……」

その『大学生』の一人が、江川だったということか。納得した声を上げた瞬をちらと見たあと徳永が口を開く。

「大学生の身元は割れましたか？」

「ああ。だが江川だったか。あの大原が殴ったとされている奴は入っていなかったな」

「えっ。そうなんですか？」

てっきりそうだと思っていたのだが、と驚いたせいでつい、問いを発してしまった瞬の頭を、高円寺がぽんと叩く。

「R大生はいたが、江川じゃなかった。江川はその窓口役のR大生に、美人の恋人の写真を使っての登録を持ちかけられたのかもしれねえな」

「江川が直接暴力団にかかわっていなくてよかったです」

徳永が安堵《あんど》した声を出す。

「そのココロは？」

高円寺が不思議そうな顔になるのに対し、徳永は、りかを保護できたことと、彼女が江川に監禁《かんきん》されていたことなどを順を追って説明した。

「確かに、もし江川が暴力団とつながりがあったとしたら、彼女が無事でいられたか、わかりませんでしたね」

話を聞いていた藤原が溜め息交じりに告げた言葉を聞き、なるほど、と瞬も納得することができた。

暴力団に相談でもされていたら、りかは監禁どころではすまなかっただろう。よかった、と少し遅れた安堵を感じていた瞬の横では高円寺もまた納得していた。

「江川がヘタレで助かった……とはいえ、二日も監禁された状態で、その子は怖かっただろうなあ」

同情した顔になる高円寺と気持ちは同じだ、と瞬もまた頷いた。

「トラウマにならねえといいけど」

「多分……大丈夫そうな子ではありました」

徳永はそう言ったあと、少し考えてから言葉を足した。

「支えになる人間にも心当たりがあります」

「大原だろ。あいつも思い切ったことするよな。財布落としたのもわざとだったんじゃねえかと思えてくるぜ」

「そこはわざとではなかったようですよ」

徳永が笑いながら訂正《ていせい》を入れる。

「なんだ、買いかぶりか」

高円寺も笑ったがすぐに真面目《まじめ》な顔になり話し出した。

「間もなく、赤池組も、雇われていたR大生も摘発される。ソッチ方面からも江川は事情聴取されるだろうから、恋人を拉致《らち》監禁したことについても言い逃れはできないだろう」

「そうですね」

徳永もまた笑顔で頷く。

「にしても、内定を取り消されたくないから監禁するとか、今の若い子は一体何を考えているんでしょうねえ」

藤原がしみじみとしたように告げるのを聞き、まったくだ、と瞬は大きく頷いた。

「大胆《だいたん》なことをする割りにはまるで後先を考えていない。今回のことで内定は取り消されるだろうが、りかさんを恨まないか心配です」

「恨んだところでできることはそうないとは思うが、気をつけるに越したことはねえかもな」

「自業自得《じごうじとく》なわけですから」

憤《いきどお》った声を上げる藤原に徳永が、

「アプリにサクラを登録するといくら貰《もら》えたんですか？」

と尋ねる。

「登録時に五万円、あとはマッチング数によるという歩合制《ぶあいせい》だったということでした。江川が登録したのはりかさんだけでしたが、アクセス数は物凄《ものすご》かったですよ。何万件、というレベルでした」

「可愛《かわい》いですもんね」

実物はもっと可愛かったが、と頷いた瞬に、高円寺が身を乗り出してくる。

「お、瞬の好みは彼女みたいなタイプか？」

「タイプとか言うと大原さんに怒られそうです」

大原がりかのことを説明していたときのことを思い出し、瞬は首を竦《すく》めた。

本当にいい子だと繰り返していた。そんな『いい子』だからこそ大原も、自分が指名手配されようとも庇《かば》った上で、行方《ゆくえ》を捜そうとしたのだろう。

簡単に『好み』と言えないものがある、と首を横に振った瞬を見て、高円寺が楽しげに笑う。

「大原もおそらく、たいした罪に問われることはねえだろ。そのりかちゃんも、正当防衛が認められて不起訴になるんじゃねえか。当分の間は、好奇の目に晒《さら》されることになるかもしれねえが」

「そうあることを願います。人目が気になるようなら、実家に戻るというのもありかもしれません」

徳永もまた微笑《ほほえ》んだあと、何かに思いを馳《は》せるような顔となった。

「アクセス数が多いということは、今まで知らないうちに犯罪に荷担していたという可能性も高いということだからな。この先の人生で彼女の不利になるようなことがないように、当分は見守ってやることが大切だな」

高円寺の言葉に、その場にいた皆が頷く。その役はおそらく、大原が担《にな》っていくのではないか。さすがに江川と付き合い続けることはないだろうし、と瞬は思いながら、彼にとっては少し濃すぎる水割りを舐《な》めた。

それからは話題は事件のことから離れて、マッチングアプリの流行についてや、その流れで高円寺の嫉妬《しっと》深い恋人の話で場は盛り上がった。

「おっと、夜が明けちまう」

すっかり酔っ払った様子の高円寺と藤原が名残《なごり》惜しそうに立ち上がったときには、瞬はほとんど撃沈してしまっていた。

「そしたらまたな」

「今回も本当にお世話になりました」

礼を言っている徳永の声が遠くに聞こえる。

「いや、ほとんど何もできちゃいねえよ」

「瞬君、大丈夫でしょうかね？」

高円寺と藤原の声も遠い。

「送っていきますので」

「可愛がっているじゃないの」

揶揄《やゆ》する口調で高円寺が言った直後、瞬の頭に彼の掌《てのひら》が落ちてきた。

「頑張れよ、『忘れない男』」

「あ、ありがとうございます」

それで一瞬目覚め、礼を言ったものの、またも意識は眠気の中に紛《まぎ》れていく。そのまま瞬は寝落ちをしてしまったようで、タクシーの中、徳永に揺り起こされるまで目覚めることはなかった。

「す、すみませんっ」

徳永が起こしてくれたのは、タクシーが瞬のマンションの前に到着したからだった。どのようにしてタクシーに乗ったのか記憶がなかったものの、徳永に世話になったのは間違いない、と頭を下げる。

「礼はいいから」

早く降りろ、と促され、瞬はタクシーを降りた。

「出勤はゆっくりでいいぞ」

徳永はそう言い、運転手に言って車を出させた。しらじらと夜が明ける中、尾灯《びとう》が見えなくなるまで瞬はその場に立ち尽くし見送っていたが、やがて、佐生が心配しているに違いないと気づき、マンション内に足を踏み入れたのだった。

さすがに寝ているかと思ったが、なんと佐生はリビングで起きていた。

「悪い。起きててくれたんだ」

「原稿やってたから大丈夫。それより大丈夫だった？　大原さん」

原稿は嘘ではないだろうが、心配して起きていたとわかるだけに瞬は申し訳なく思いながらも、説明する気力を湧き起こすことができずにいた。

「悪い。水、もらえる？」

「飲み過ぎてるってことは、万事上手《うま》くいったんだよな。説明は明日でいいよ。数時間後に出勤だろう？」

思いやりの塊《かたまり》のような佐生の言葉に、瞬は感謝すると同時に申し訳なくも思った。

「ほら、水」

その上水までキッチンから運んでくれた彼に「ありがとう」と礼を言うと、自分の部屋へと向かいベッドにダイブしたのだった。

二時間ほど寝ると少しすっきりしたので、起きてシャワーを浴び、リビングダイニングへと向かった。

「おはよう」

「徹夜したのか？」

テーブルでは佐生がパソコンのキーボードを叩いている。

「ああ。筆が乗っちゃって。って、筆じゃなくてパソコンだけど」

佐生は笑ってそう言うと、ノートパソコンの画面を瞬に示してみせた。

「マッチングアプリで他人になりすまし、アリバイ工作をするっていうネタを思いついたんだ。今、まとめてる」

今回の件とは、ネタは被《かぶ》ってないだろ？　と聞かれ、瞬は笑顔で頷《うなず》いた。

「ああ。よかったよ。結果的に佐生の役に立てて」

あまり深く考えることなく、佐生の厚意に甘えてしまっていたが、りかのなりすまし、『りな』と連絡を取ってもらったために、今後刑事からコンタクトをとられる可能性もあると高円寺に教えてもらったことを思い出す。

「ごめん、実は……」

説明しておかねば、と瞬は、まず、マッチングアプリ自体に問題はなかったものの、人気に目をつけた暴力団が『サクラ』を雇うバイトを仕込んでいたことを説明した。

「暴力団って抜け目ないというかなんというか。しかしそれで合点《がてん》がいったよ。俺、人気ありそうな子ばかりにコンタクトとろうとしてたから」

自分を省《かえり》みず、と、佐生が照れたように笑う。

「でも運営もおかしいと思わなかったのかね。少なくとも俺はクレーム入れたし」

他にもクレームは多数あったのではと佐生は首を傾《かし》げたが、

「でもまあ、いちいちチェックしていられないか。一応登録には身分証明がいるんだし」

と納得した声を上げる。

「身分証明ってどうしたんだろう。りかさんの場合」

「彼氏だからなあ。家に遊びに来たときに、運転免許を財布から拝借して写真撮る、とかはできそうだよね」

「にしても、一人につき五万円であとは歩合っていうけどさ、自分の彼女の個人情報を五万円で売るなんて、酷《ひど》い彼氏だよね」

「本当だよ」

憤《いきどお》った声を上げる佐生に、瞬もまた同じ気持ちだと大きく頷く。

「あんなに可愛《かわい》い子と付き合えるだけでもありがたいのに。りかさんも愛想を尽かしたんじゃない？　いい気味だよ」

「そうだな」

佐生にはマッチングアプリの件以外の詳しいことは説明していない。サクラとして登録されたどころか、監禁《かんきん》された上で殺されかけているので、これで愛想が尽きていなかったら問題だ、と瞬はこっそりと肩を竦めたのだった。

8

徳永からは、ゆっくり来てもいいとは言われていたが、同じように飲んだ身としてはそう甘えてもいられない、と瞬はいつもの時間に特殊能力係のドアを開けた。

「おはようございます」

「あ、瞬、お疲れ」

中には徳永ともう一人、小池がいて、瞬に笑顔を向けてくる。

「大原が釈放されたことを伝えにきたんだ。大原に『特能《とくのう》』に顔を出していけばどうだと勧めたんだが、とても申し訳なくて顔向けできないと、帰っていったよ」

「よかったです。釈放されて」

りかが自首をしたからだろう。結局大原は何も喋《しゃべ》らなかったのだろうかと思いながらも、それを聞けば大原が自分を頼ったことまで喋ってしまいそうで、瞬は言葉少なくそう答えるに留めた。

「被害者から事情聴取もできたそうだ」

と、横から徳永が声をかけてくる。

「そうそう。驚いたよ。あの江川という男、自首してきた女子大生を二日間も監禁していたそうだ。女子大生から話を聞いたときはまさかと思っていたけど、江川はあっさり認めた上で、自分は被害届を出す気はないので、どこにも知らせないでほしいと言い出した。せっかくもらった内定を取り消されたくないというんだが、呆《あき》れてものが言えなかったよ」

「何がなんでも内定を守りたがっていると……どこに決まったんですか？」

そうも固執するとは、と瞬もまた呆れてしまったのだが、江川は内定先を頑として明かさないと聞き、ますます呆れ果てた。

「り……女子大生から被害届が出されるとは考えないんでしょうかね」

つい『りかさん』と名前を言いそうになり、慌てて誤魔化《ごまか》す。とはいえりかを捜査一課に連れていったのは徳永なので、小池も薄々感づいているかもしれないが、と思っていた瞬の前で、小池は怒りを露わにしながら言葉を続けた。

「監禁と殺害未遂《みすい》だったら、殺害未遂のほうが罪が重いはずだ。それを水に流すといっているのだから、と言い出してね……女子大生はあんなに反省しているのに、と、憤ってしまったよ」

小池同様、瞬もまたはらわたが煮えくりかえっていた。と、それを見越したかのように徳永が小池に問いを発する。

「マッチングアプリに登録するよう持ちかけてきた友人についての捜査はどうなった？」

「江川はそこは口を割らないんですよ。喋れば報復されるとでも思っているのかもしれません。とはいえ、交友関係を洗えばすぐに到達できるのではないかと思います」

「そうだな」

徳永が頷いたあたりで、小池が我に返った顔になった。

「いけない。すっかり長居してしまいました。ともあれ、大原が無実でよかったです。女子大生も、江川が被害届を出さないとああも強調しているし、そもそも監禁された上で殺されそうになったことへの反撃なので、正当防衛が立証できそうだし、不起訴になるんじゃないでしょうかね」

「そうだな」

徳永もまた頷いている。りかのしたことにまったく罪はないとはいわないが、情状《じょうじょう》酌量《しゃくりょう》の余地はこれでもかというほどにある。

江川のほうこそ罪に問われてほしいものだと、また怒りが込み上げてきていた瞬の前で

小池は、

「それではまた」

と徳永に頭を下げると、瞬にも「またな」と挨拶《あいさつ》をし、部屋を出ていった。

「ゆっくりでいいと言っただろう」

小池がいなくなると徳永はそう言い、瞬を見やった。

「すぐ出られるか？」

「はい、大丈夫です」

飲み過ぎたために、頭は重く胃にはむかつきがあるが、見当たり捜査に向かえないほどではない。それで瞬は頷いたのだが、徳永は、疑わしそうな目を彼に向けてきた。

「無理なら午前中は待機でいいぞ」

「大丈夫です。それより、大原さん、釈放されてよかったですね」

「そうだな。彼のことだから、りかさんが釈放されるまでは東京に留まりそうだが」

「いるとしたら、りかさんのアパートですかね」

既に大原は容疑者ではない。会いに行ってもいいだろうかと思い、瞬がそう話を向けると、徳永は少し考える様子となったあとに、

「行ってみるか」

と立ち上がった。

「彼に対し、なぜりかさんが江川を殴《なぐ》ったのかといった説明がなされたとは思えないからな」

「……大原さん、怒りそうですよね」

怒りに任せて、江川を襲撃したりは、さすがにしないだろうが、と、瞬は心配になった。それを阻止《そし》するためにも、まずは自分たちから事件についての説明をしたほうがいいかもしれない、と、徳永を見る。徳永も同じように考えていたらしく、頷き返すと、

「行くか」

と声をかけ、二人は職場をあとにした。

もう携帯の電源を切っている理由はないだろうと、徳永に言われて瞬はまず大原にメールを打った。

『事件の詳細を説明したいのですが、どこかで会えますか?』

大原からは、比較的すぐ、返信がきた。

『ありがとう。説明も聞きたいし、何より礼が言いたいが、人目は気になる。これ以上迷惑をかけるのは申し訳ない』

大原が固辞していると伝えると徳永は、

「りかさんのアパートを訪ねよう」

と告げ、二人はりかのアパートへと向かった。

ドアチャイムを押すと、中で人が動く気配がしたあと、暫《しばら》くしてドアが開いた。

「……徳永さん……瞬……」

二人が見込んだとおり、大原はりかの部屋にいた。

「入っていいか？」

徳永に問われ、大原は慌てた様子で「どうぞ」と中に招いてくれた。

「りかちゃんを見つけてくださり、本当にありがとうございました」

向かい合い、改めて深く頭を下げて寄越した大原の見た目は随分《ずいぶん》とさっぱりしていた。無精《ぶしょう》髭《ひげ》は出頭前に剃《そ》ったのだろう。身につけているのは白いＴシャツにジーンズだが、どちらも清潔に見える。

「無事でほっとしました。江川も意識を取り戻したそうで」

「詳しい話は聞けたか？」

徳永の問いに大原は「いえ」と苦笑した。

「もともと俺のほうが黙《だん》りを決め込んでいましたから。財布を渡されて、『もう帰っていい』と言われただけです」

「まあ、仕方がないな」

徳永もまた苦笑している。

「小池がこっそり、江川が意識を取り戻したことと、江川の彼女が徳永さんに伴《ともな》われて自首してきたことを教えてくれたんです。やっぱりりかちゃんがやったのか……とは思いましたが、何より無事でいてくれてよかったなと」

「沖縄へは？　知らせたのか？」

徳永が大原に問い掛ける。祖父母は心配しているはずだが、どう伝えるのだろうと、瞬は大原の答えに注目した。

「りかちゃんは無事だったとだけ伝えました。詳しいことはまたあとで連絡を入れると……」

答えながら大原の表情が曇ってくる。

「報道されないといいんですが、大丈夫でしょうか」

「おそらくは。そのうちに彼女も帰ってくるのではないかと思う」

徳永はそう言うと、大原に対し、りかの身に起こったことを説明し始めた。

「監禁《かんきん》って……信じられない。あの野郎、一体何を考えているんだ」

話を聞くうちに大原の怒りのボルテージは上がり、憤りが大声となって彼の口から放た

れた。が、すぐに我に返ったらしく、

「すみません、興奮してしまいました」

　と徳永に対し頭を下げる。

「あいつの身につけているもの、時計とか服とか、いかにも高級品だなとは思ったんですよ。部屋にも大型のテレビや高そうなオーディオセットがあったりして。自分の彼女の写真をマッチングアプリのサクラ用に売るなんて、そこまでして金がほしかったのかと、もう怒りしか覚えません」

　喋《しゃべ》っているうちに怒りが再燃してきたようで、大原の語調も表情も厳しくなっていく。

「りかさんは堅実な生活をしているようだな」

　徳永が室内を見回し、そう告げる。

「本当に真面目《まじめ》ないい子なんです。逃げてしまったのも多分、祖父母が知ったらショックを受けるのではと案じたからではないかと思います」

「本人もそう言っていたよ」

　徳永の言葉を聞き、大原が「やっぱり……」と泣きそうな顔になる。

「りかちゃんは……罪に問われますか……?」

　弱々しい声音《こわね》で、大原が徳永に問い掛ける。

「おそらくは不起訴になるだろうとは言われていたよ」

小池に聞いたところによると、と徳永が告げると大原は少し安堵《あんど》した様子となったものの、すぐに表情を引き締め、

「そうなることを祈ります」

と項垂《うなだ》れた。

そのとき、玄関のドアのほうから、カチャカチャと鍵《かぎ》を開ける音が響いてきたかと思うと、ドアが開き、りかが現れた。

「大原さん！　それに刑事さんたちも。ど、どうしてここに？」

「りかちゃん！」

どうやらりかは早々に解放されたようだ。よかった、と顔を見合わせたのは徳永と瞬のみで、大原は大きな声で彼女の名を呼び、駆け寄っていった。

「無事でよかった。みんな心配していたんだぞ」

「大原さん、ごめんなさい。刑事さんに聞きました。私を庇《かば》ってくれていたって……私……私……」

大原の笑顔を前にし、りかの大きな瞳に次々涙が盛り上がり、頰《ほお》を伝って溢《あふ》れていく。

泣きじゃくる彼女の肩を、頭を、大原はぽんぽんと叩いて落ち着かせようとしていたが、

その優しさがますます彼女の涙を誘うようで、泣き止むまでには随分と時間がかかることとなった。

「すみませんでした……」

ようやく涙がおさまると、号泣したのが恥ずかしくなったらしく、頬を赤らめたりかは徳永と瞬に頭を下げた。

「帰宅を許されたんですね」

徳永の問いにりかは「はい」と頷くと、再び、

「本当に申し訳ありませんでした」

と深く頭を下げた。

「竜さんたちには、りかちゃんが無事ということは伝えたけど、それ以上のことは何も言ってないから」

大原の言葉にりかは「ありがとうございます」と礼を言ったあと、少しの間、言葉を探すようにして黙り込んだ。

「心配しているだろうから、声を聞かせてあげたらどうかな」

大原が彼女の顔を覗《のぞ》き込み、りかに彼女のスマートフォンを手渡す。

「そうですよね。おじいちゃんの誕生日に、お祝いも言えなかったし……」

りかは頷き、スマートフォンを受け取った。が、どう説明したらいいのかを迷っているようで、なかなかかけるまでに至らない。

「我々は失礼するよ」

気を利《き》かせたのか、徳永がそう言い立ち上がる。

「す、すみません。本当にお世話になりました」

りかが恐縮した様子で頭を下げる。

「徳永さん、瞬、本当にありがとうございました。ご迷惑をおかけし、申し訳ありませんでした」

大原もまた深く頭を下げたが、二人を前に徳永は一旦、唇を引き結ぶようにしたあと、厳しい口調で話し始めた。

「りかさんに関しては、拉致され、命の危険を感じていたことには同情するが、やはりすぐに自首するべきだった。大原もりかさんを庇ってての行動だということは理解できるが、本当にりかさんのことを思うのであれば、罪を被《かぶ》ろうとするのではなく、すぐに警察に届け行方《ゆくえ》を捜すべきだった。罪を肩代わりしてやることは、決して本人のためにならない。りかさんも、そして大原も、今回のことは二人が大切にしている人たちを結果として裏切っている。そう思わないか？」

「…………はい……」

「おっしゃるとおりです」

りかが更に深く頭を下げ、大原が心から反省しているとわかる顔を上げ、頷く。

「……祖父母にはすべて正直に話します。そして謝ります。もう二度と、過ちは犯さないと……。これからはおじいちゃんおばあちゃんに恥じない人生を送っていくと約束します」

泣きながらりかがそう言う横で、大原が彼女の肩をしっかりと抱き締める。

「大丈夫。二人はわかってくれるよ。りかちゃんのこと、本当に大切に思っているから」

「……なのに……ほんと、ごめんなさい」

再び泣き始めてしまったりかを前にし、徳永は少し困った顔になったが、大原が、任せてくださいというように頷くと、わかった、と頷き返し、瞬を振り返った。

目で行こう、と合図をされ、瞬も頷く。

「それでは失礼する。何かあったらいつでも連絡してくれ」

立ち上がり、見送ろうとする大原を制し、徳永はそう言うと、ドアへと向かっていった。瞬もあとを追う。

「それじゃあまた」

徳永の出ていったドアから瞬も出て、閉めるときに中でりかの傍《かたわ》らに座りその肩を抱いている大原に声をかける。

「瞬もありがとう。ほんま、ごめんな」

「関西弁、うそくさいですよ」

その口調が出たのなら大丈夫だろう。瞬は笑ってそう言うと、照れたように笑い返した大原に頭を下げ、ドアを閉めた。

「すみません、お待たせしました」

アパートの外階段を降りたところで待ってくれていた徳永に声をかける。

「彼女も大原がついていれば大丈夫だろう」

徳永の顔には笑みがあった。厳しいことを言ったのは、二人のことを思いやっての結果だとわかるだけに、瞬は改めてこの信頼できる、そして誰よりも心温かい上司の顔を頼もしく見つめてしまった。

「なんだ？」

「いえ。なんでもありません」

やはりあなたについていきたいと思ったのだが、今更な上に、非常に照れくさいため誤《ご》魔化《まか》すことにする。徳永は一瞬訝《いぶか》しそうな顔になったが、すぐ、

「行くか」

と踵《きびす》を返し駅へと向かって歩き始めた。

「見当たり捜査ですか？」

あとに続きながら瞬が問い掛ける。

「いや、ちょっと寄りたいところがある」

「どこですか？」

行き先を思いつくことができず問い掛けた瞬を、徳永が肩越しに振り返る。

「江川のアパートだ」

「さすがにまだ帰っていないと思うんですが」

意識を取り戻したばかりではなかったか、と瞬が告げると徳永は、

「少し気になってな」

とだけ言い、そのまま歩き始める。気になることとは、と、問いを重ねたかったが、行けばわかるかと瞬は、歩く速度を上げた徳永の背を追った。

要町にある江川のアパート前までいくと、前に来たときにはドアの前に警察官が立っていたが、今日は誰もいなかった。アパート自体はさほど家賃が高そうな物件ではないように見える。部屋の中は金がかかっていそうなもので溢れているのかと大原の言葉を思い出

すと同時に、あの部屋にりかは監禁《かんきん》されていたのかと思うと、改めて憤《いきどお》りを覚える。そんなことを考えながら部屋を見上げた瞬は、前方から歩いてくる若い男に気づいた。

「あ」

小さく声を上げたのは、男の顔に見覚えがあったからだった。派手目な女の子二人とスポーツマンタイプの男と共に、以前アパート前で江川の噂《うわさ》をしていた茶髪の男である。

彼の写真はりかの部屋にもあった。それを思い出した瞬は徳永に伝えようと彼を見やった。

「すみません」

徳永もまた男のことを覚えていたらしく、つかつかと歩み寄っていったかと思うとやにわに声をかけた。

「はい？」

男が訝しげな顔になる。

「警察です。江川さんのご友人ですよね？」

徳永が手帳を見せる。と、男はぎょっとした顔になった次の瞬間、踵を返し逃げ出した。

「な……っ」

いきなりの逃走に瞬は一瞬唖然《あぜん》としてしまった。が、即座に走り出した徳永と共に男のあとを追う。

「待ってください。いきなりどうしました」

徳永はすぐに男に追いつくと腕を摑《つか》んで足を止めさせようとした。

「は、離せ！」

男はすっかり怯《おび》えた様子となり、必死に徳永の腕を振り解こうとする。

「なぜ逃げる？　何か後ろ暗いところでもあるのか？」

徳永は問い掛けたが、男はただ「離せ」と暴れるだけで何も言おうとしない。

「この男の写真がりかさんの部屋にもありました」

瞬もまた男の前に回り込むと、徳永にそう告げる。

「江川絡みで警察から逃げようとしている理由はおそらく、マッチングアプリのサクラ登録を江川に持ちかけたからだな？」

「あ！　暴力団と通じてるR大生！」

彼のことだったのか、と瞬は思わず大きな声を上げていた。

「う、うるせえ！　離せ！　何か証拠があるのかよ！」

「ともかく、近くの交番で話を聞かせてもらおう。なぜ逃げようとしたのかも含めてな。麻生、小池に連絡を」

「わかりました！」

徳永の指示を受け、瞬はポケットからスマートフォンを取り出すと、小池の番号を呼び出しかけ始めた。

「赤池組の捜査は始まっているからな。君がマッチングアプリにサクラを登録する仲介《ちゅうかい》をやっていたという証拠は既に出揃っているんじゃないか？」

徳永が赤池組の名を出した瞬間、男の動きが止まった。

「お、俺は何も知らない……」

抵抗は収まり、先程まで怒声を浴びせていたその口からは、力ない声が漏《も》れる。

「あとは交番で聞かせてもらう」

いつもどおり、徳永は実に淡々としていた。男の腕を捕らえたまま、その場に留まろうとする彼を引き摺《ず》るようにして歩き出す。

瞬は電話に出た小池に状況を説明し、近くの交番に向かっていることを告げた。

『どうして赤池組のことを……』

小池は戸惑った声を上げたものの、すぐに向かうと告げて電話を切った。瞬はその旨《むね》を徳永に伝えるべく、前方を歩く二人に駆け寄っていったのだった。

交番で小池の到着を待つ間、徳永は男にまず名前を問うた。

「……小林健斗《こばやし》」

以外にも男は——小林は素直に名乗った上で、怯えた目を徳永へと向けてきた。

「俺は逮捕されるんでしょうか」

交番に連れてこられたことで観念したらしい。青ざめた顔で次々、言葉を発し始める。

「引き受けたアルバイトが犯罪に関係するものとは知らなかった場合でも、逮捕はされますか？　大学に通知が行ったりするんでしょうか。せっかく取れた内定が取り消されるのは本当に困るのですが」

彼の口からも出た『内定』という単語に、瞬は呆《あき》れてしまっていた。マッチングアプリにサクラを登録するなど、誰がどう考えても真っ当な仕事ではない。

りかとも知り合いだったことを思うと、江川にりかの写真を登録するよう持ちかけたのは彼ではないかと思えてくる、と瞬は小林を前に眉《まゆ》を顰《ひそ》めた。

「江川君を訪ねようとしていたのは、彼に口止めをするつもりだったんじゃないか？　そのアルバイトのことについて」

徳永は小林の問いには答えず、淡々と質問を始める。

「様子を見にきただけですよ。だいたい、彼のために救急車を呼んだのは僕なんですよ」

「そのときはなぜ、江川君の部屋を訪れた？」

「それは……その……」

ここで小林が言い淀《よど》む。

「もしかして……」

瞬の頭に閃《ひらめ》くものがあった。江川は彼に、りかのことを相談したのではないか。

マッチングアプリの登録のことを知られてしまった。マッチングアプリの運営先に無断で登録されたと通報するし、内定先にも知らせてやる。そう脅《おど》されてやむなく、という相談を受けて、彼はやってきたのではないだろうか。

しかし訪ねた江川の部屋では、本人は頭から血を流して意識を失っており、見知らぬ男が傍にいた。監禁されているはずのりかはいない。状況はわからないものの、犯人と思われるのは今の見知らぬ男だと、警察に通報した上で一一九番で救急車を呼んだ。

もしも江川が倒れていなかったら——りかの身にいかなる危険が迫ったか。軽く想像できる、と気づけば瞬は小林を睨《にら》み付けてしまっていた。

「な、なんですか」

視線に気づいたらしく、小林が瞬に問いかけてくる。と、そのときパトカーのサイレン音が近づいてきたため、小林は落ち着きのない様子となった。

「すみません、遅くなりました」

交番前に停車した覆面パトカーから降りてきたのは小池だった。瞬にとっては初対面の刑事が後部シートから降りてくる。

「組織犯罪対策部の宮本《みやもと》さんだ」

小池以上にガタイのいいその刑事と徳永は顔見知りのようで、互いに会釈《えしゃく》をしており、彼が小林の腕を摑んで車の後部シートに乗せている間に、瞬に名前を教えてくれた。

「また改めてご報告に伺《うかが》います」

小池が頭を下げ、覆面パトカーの助手席に乗り込む。車を見送ったあと徳永は交番の警察官たちに礼を言い、瞬とともに駅へと向かい歩き始めた。

「江川も小林も内定内定と……呆れました。彼らに内定を出した企業は本当に人を見る目がないなと思いましたよ」

憤《いきどお》りから思わず吐き捨ててしまった瞬だが、これでは単なる愚痴《ぐち》だ、とすぐに反省し、徳永に謝る。

「すみません、つい腹が立ってしまって」

「俺も同じ気持ちだ」

徳永に肩を竦《すく》められ、よかったと思うと同時に、もしや彼は小林が姿を現すと見越して江川のアパートに行こうと言い出したのだろうかと、改めてそのことに気づいた。

それを確かめたいと問い掛ける。

「確実に来るという保証はなかったが、前に彼が江川のアパート前で友人たちと話していたのを聞いて、ちょっと気になったからな」

「前に？」

何か言っていたかと思い出そうとしていた瞬に、徳永がそれを教えてくれる。

「彼は一人で来るつもりだったのに、友人たちがついてきたと言っていた。りかさんのことについても、沖縄にいるのではないかと妙に断定的だったし、話しながら辺りを窺《うかが》っている様子だった」

「そういえば……」

言われてようやく瞬は、四人が立ち話をしていたときの光景をまざまざと思い出した。自分たちを刑事と見抜き、立ち去ろうと促したのも彼だった。同じものを見ていたというのに、しかも自分は彼の写真をりかの部屋でも見たというのに、怪しいと気づくことはなかった。

「…………」

情けない、と溜め息を漏らしそうになるのをぐっと堪え、顔を上げる。落ち込んでいる場合ではない。反省し、次に繋《つな》げねば。気づけば硬く拳を握っていた瞬を、徳永はちらと振り返ったが、何を言うこともなくまた前を向く。

「今日はまた池袋で張り込むことにしよう」

「わかりました」

指示を出す徳永の頭は既に、自分たちの本来の業務である見当たり捜査に切り替わっているようである。

自分も気持ちを切り換え、臨《のぞ》まねば。瞬はそう己に言い聞かせると、今日こそ指名手配犯を見つけてみせると、再び拳を強く握り締めたのだった。

9

　その日の業務を終え、帰宅した瞬を迎えたのは、佐生と彼の叔母《おば》、華子《はなこ》だった。

「お帰りなさい、瞬君。ご飯、食べちゃった？」

「こんばんは。あ、まだです」

「ちょうどよかった。瞬君の分も買ってきたのよ」

　華子は百貨店の物産展帰りとのことで、北海道の肉厚のホタテや、ウニといくらをふんだんに載せた海鮮丼を買ってきてくれたとのことだった。

「一応、明日まで持つってことだったけど、よかったわ。今日食べたほうが美味《おい》しいし」

「俺と叔母さんはもう食べたから。あ、ビール飲む？」

　佐生はちょうど華子を送っていくところだったという。

「瞬君帰ってきたから、少し話していこうかしら」

「俺でよければ是非《ぜひ》」

　最近忙しくしていたこともあって、華子と顔を合わせるのは瞬にとっても久々だった。それで瞬は食事を、華子と佐生はビールを飲みながら話を始めたのだが、内容はなぜか佐生の縁談のことで、いつの間に、と瞬は驚いて食べるどころではなくなっていた。

「縁談ですか？」

「瞬、叔母さんの暴走を止めてくれ!!」

　佐生が悲鳴のような声を上げる。

「早くないですか？　佐生はまだ学生ですよ」

「だってこの子、出会い系サイトに出会いを求めるって言うのよ。危ないじゃない」

　華子が憤慨《ふんがい》した声を上げるのに、佐生が必死に言い返す。

「マッチングアプリですよ、叔母さん。別に危険じゃないんです」

「あらだって、詐欺に遭《あ》いそうになったんでしょ？　危険じゃない」

「まあ、危険は危険ですけど」

「ネットに出会いを求めるなら、信頼出来る人に紹介を頼んだほうがいいに決まってるじゃないの」

「だからって縁談なんて。瞬も言ってるけど、まだ俺、学生だよ？」

「私が婚約したのも学生のときよ」

「え、そうなんですか」

それは知らなかった、と瞬はついそこに食いついてしまった。

「お見合いじゃなかったけどね。主人がどうしても婚約してほしいって聞かなかったのよ」

「惚気《のろけ》られてしまった」

佐生が笑って瞬を見る。

「ともかく、出会い系サイトは反対よ」

「マッチングアプリだってば」

「続けるというのなら、本当に見合い写真持ってきますからね」

「見合いはいいよ。だいたい、断られるに決まってるよ」

「まあまあ」

ヒートアップする二人を瞬は制すると、そもそも、と佐生に問い掛けた。

「佐生は今、結婚したいわけでもないし、彼女がそこまでほしいってわけでもないんだよな？」

「うん。今は小説執筆で手一杯だよ」

「マッチングアプリに手を出したのは、合コンで惨敗したショックからで、もうやめるって言ってたよな？」

　自分は辞めるから、『なりすまし』と思われるアカウントにコンタクトしてみると確かに言っていた、と確認を取る。

「うん」

「なんだ、そうなの？」

華子が意外そうに目を見開く。

「だからそう言ったじゃないか。登録したマッチングアプリが詐欺の温床《おんしょう》になりそうだったのを、俺が発見して瞬に知らせたって。なのに叔母さん、マッチングアプリに俺が登録したことばっかり問題にして、全然俺の話を聞いてくれなかったんだよ」

「えーと、うん、まあ、そういうことか……な」

ちょっと話を盛っているような、と思いはしたものの、完全に嘘というわけではない。

それで瞬は同意すると、改めて華子に向かい、状況を説明した。

「もうやめると言ってるし、縁談はもうちょっと先でもいいんじゃないかなと思いますよ」

「それならいいわ。なんだ、合コンで惨敗したからマッチングアプリに登録したって、執筆で手一杯といいながらちょこちょこ息抜きしてるのね」

嫌みとわかるような言い方をした華子に、佐生も乗って大袈裟《おおげさ》に嘆《なげ》いてみせる。

「叔母さん、意地悪だなあ。瞬、何か言ってやってよ」

「瞬君はご飯も食べられないでいるじゃないの。ああ、そうだ。瞬君も希望があれば縁談持ってくるわよ。瞬君、顔も性格もいい上、『公務員』だし引く手あまたになりそうよね」

「あ、いや、いいです。俺はまだそんな、結婚とかほんと、まだまだです」

まさか自分に矛先《ほこさき》が向くとは、と焦る瞬を見て、佐生が面白がって囃《はや》し立てる。

「うん、瞬は優良物件だと思う。それに忙しすぎて彼女作る暇なさそうだし、本当に叔母さんに縁談頼んだら？」

「佐生、お前な」

「二人ともまとめて面倒見るわよ」

最後のほうはほとんど冗談と笑い話となり、このままでは瞬がご飯を食べられない、と叔母は帰ることになった。佐生は駅まで送るという。

「それじゃまたね」

「ご馳走《ちそう》さまです。ありがとうございました」

叔母を見送ったあと一人で海鮮丼をかっ込みながら瞬は、華子にとってはやはり『マッチングアプリ』は『出会い系サイト』と同意の上、怪しげなものという位置づけらしいと彼女の様子を思い起こした。

まさに自分もそうだっただけに、気持ちはわかると一人頷《うなず》いていた瞬だったが、自分たちの親世代の華子と同じ感覚というのは問題だろうか、と改めて考えてしまった。

食べ終わり、片付けをしていると佐生が戻ってきて、瞬に話をせがんできた。

「その後、なんか進展あった？　大原さんは？　釈放された？」

「ああ。大原さんもりかさんも釈放されたよ」

「よかった。そうそう、アプリにもお知らせ出たよ。調査のため一旦休止するって。再開後は本人確認をより強化するとも書いてあった」

「運営会社の関与があったかどうかはともかく、暴力団がかかわっていたからな……」

どのくらいの人数の『サクラ』が仕込まれていたのだろう。被害額はどれだけあったのか。それらのこともそのうちに報道されるのでは。そうなったら人気のアプリだけに、さぞ大騒ぎになるだろうと考えていた瞬の前で、佐生がしみじみした声を出す。

「叔母さんの言うとおり、ネットより人のほうが断然信頼できるもんな。とはいえ見合いをする気はないけれども」

「小説に集中するんだろ？」

瞬がそう言うと佐生は「そうだよ」と大きな声を出した。

「そもそも、誘われたからって合コンに行ったりしたのが間違いだった。俺には余所見《よそみ》をしている余裕はないんだ。大学に通う時間も惜しいくらいだけれど、それは叔父《おじ》さんとの約束だから遂行《すいこう》する。大学にもちゃんと通って卒業もするし、医師免許もちゃんと取得し、その上で嘉納《かのう》さんに、これは面白い！　傑作《けっさく》だ！　と、満足してもらえるような小説を書いてみせる！」

『嘉納さん』というのは、佐生についた担当編集の名だった。彼のもとで佐生は今まで数本、短編を書き上げ、ついこの間も雑誌に掲載が決まったと聞いたばかりである。

書き上げるまでもリテイクリテイクと大変そうだったが、今は掲載するにあたり、タイトルの駄目出しが既に五十回もなされているらしい。

とてつもない厳しさだが、佐生は彼を信頼し必死でくらいついていっていることを、瞬もよく知っていた。

「ああ、頑張れ。俺も応援しているから」

「彼女は単行本を上梓《じょうし》して、堂々と『小説家』を名乗れるようになったあとでいい。うん、今は小説に全集中する！」

「そうだ。それがいい」

佐生を鼓舞してやりながら瞬は、自分もまた同じだなと考えていた。

結局今日の見当たり捜査も空振《からぶ》りだった。自分は労なくして人の顔を覚えられる。その分、他に力を蓄《たくわ》えねばならない。

目標とする人間がごく近くにいる。その人のたった一人の部下でいられるうちに、精《しょう》進《じん》し、己を研磨《けんま》せねば。

改めてそう心に誓う瞬の脳裏《のうり》には、その目標である徳永の凜々《りり》しい顔が、厳しい声音《こわね》が、そして常に自分を導いてくれる頼もしい姿が浮かんでいた。

後日談

瞬《しゅん》のスマートフォンに大原《おおはら》からのメールが届いたのは、りかのアパートで彼と別れた翌日のことだった。

『りかちゃんを連れて沖縄に帰ります。今後については、沖縄でゆっくり考えるそうです。瞬にも、そして徳永《とくなが》さんにも迷惑をかけて申し訳ありませんでした。最後の徳永さんの言葉を、俺もりかちゃんもしっかり心に刻んで生きていきます』

徳永さんにもよろしく、と書かれたメールを瞬は当然、すぐに徳永に見せた。

「さとうきびはこれからが収穫のピークだと言っていたな。身体《からだ》に気をつけて頑張れと伝えてくれ」

徳永は敢《あ》えて大原の謝罪には触れずに伝言を託してきた。瞬はそのままを打ったあとに、何かあったら相談に乗るということと、いつか沖縄に遊びに行かせてくださいと返信した。

大原からはすぐに返信が届いた。

『いつでも待っている！　徳永さんと一緒に是非《ぜひ》遊びに来てほしい。勿論《もちろん》一人でも大歓迎だ。それまでに沖縄を隅々まで観光案内できるようになっているから』

文面が、最初のかしこまったメールから、いつもの彼のものに戻っていることに安堵《あんど》し、瞬はそれもまた徳永に見せた。

「夏休みを取得して沖縄に行くか」

「はい！」

徳永が誘ってくれたことが嬉しくて、瞬の声がつい弾む。

「そのためにも今は見当たり捜査に身を入れてかかろう。今日は銀座《ぎんざ》だ」

「わかりました」

今年の夏に沖縄の大原を訪れよう。その頃、りかはまだ沖縄にいるだろうか。立ち直って東京の大学に戻ってきているか。

心の傷が癒《い》えているといい。そう願うと同時に、そのきっかけとなったマッチングアプリについて、報告しておこうと瞬は徳永に声をかけた。

「あ、佐生《さそう》に聞いたんですが、例のマッチングアプリ、当面休止となったそうです」

「そのまま廃止となるだろう。運営側に赤池組《あかいけぐみ》と通じている人間が一人いたそうだ」

「えっ。そうだったんですか」

さすが徳永、自分より余程詳しかった、と瞬は感心しつつも、驚きの声を上げた。

「赤池組が別件で摘発されて判明した。サクラとして登録された男女とのマッチング率を上げる等の操作を行っていたそうだ」

「酷《ひど》い『マッチング』ですね」

「最初は堅実にやっていたが、人気アプリになってから赤池組に目をつけられたという話だった。ある意味、運営側も被害者ではあるな」

「……そうだったんですね……」

金のなる木だと思われたということか。人気のアプリであったから大勢の人間が登録していただろうに、個人情報等は大丈夫なのだろうか。

「そのうちにマスコミにも情報が流れるだろう」

「大騒ぎになるでしょうね」

佐生にも被害が及ばないといいと願っていた瞬の肩を徳永が叩く。

「行くぞ」

「はい」

気がかりではあるが、今は己の業務に邁進《まいしん》することが大切だ。気持ちを切り換えると瞬は徳永と共に、指名手配犯を捜すべく銀座へと向かったのだった。


その日の夜、徳永は瞬を連れて、新宿《しんじゅく》二丁目のゲイバー『three friends』を訪れた。

「あら、いらっしゃい」

今日も店内に客はおらず、カウンター内で退屈そうにしていたミトモは、徳永の姿を見て弾んだ声を上げた。

「あら、坊やも一緒？」

「すみません……」

邪魔者扱いされているのをひしひしと感じながら、徳永の隣のスツールに腰を下ろし、瞬は頭を下げる。

「情報、ありがとうございます」

注文を聞かれるより前に徳永はミトモに対し、カウンターの上で封筒をすっと差し出した。

どうやら今朝聞いたマッチングアプリについての情報は、ミトモからのものだったらしい。ミトモは情報屋であり、徳永が仕事を依頼している場面は何度か見てきたが、こうして支払いをするところは初めて見たかも、とつい瞬はテーブルに置かれた封筒に注目してしまっていた。

「あらやだ。今日のメールはサービスよ」

ミトモはそう言いはしたが、徳永が尚も封筒を差し出すと、

「じゃ、遠慮《えんりょ》なく」

と受け取り、中身も見ずにカウンターの下に仕舞い込んだ。

「さて、何を飲む？　ヒサモのボトルでいいかしら」

「いや、俺のボトルでお願いします」

徳永が珍しく慌てた様子でミトモに声をかける。

「本当に遠慮深いわね」

「いや、普通です」

こういうやり取りをする間、ミトモはずっと嬉しそうにしている。確かに自分は邪魔者かもしれないなと思いはしたが、話は聞きたい、と瞬は邪魔扱いに気づかぬふりを貫くことにした。

「そういやあの殴《なぐ》られたR大生、無事に退院したらしいわね」

「さすが情報が早いですね」

徳永が感心したように目を見開く。本当だ、と瞬もまた驚いたのだが、ミトモは、当然、というように笑っただけだった。

「彼の友達の、なんていったかしら……ああ、小林健斗《こばやしけんと》。あいつ、相当余罪がありそうよ。赤池組と組んで荒稼《あらかせ》ぎをしてたって。マッチングアプリのサクラ登録だけじゃなく、大麻取引の運び屋もやっていたそうだけど、大学内ではさすがに大麻は広めなかったようね」

「内定を取り消されたくないと言っていましたからね。一応そこは気をつけていたんでしょう」

徳永がそう言うとミトモは、呆《あき》れた、というように肩を竦《すく》めた。

「まともに就職するつもりがあるのに、なんで暴力団の手先になんてなったのかしら。馬鹿な子よね」

「江川《えがわ》もしきりに内定のことを気にしていましたから。どちらもおそらく内定は取り消しになるんでしょうが、となると元恋人が逆恨みされないか、それが心配です」

「りかちゃんだっけ。アプリ人気ナンバーワンの。確かに心配よね」

徳永のボトルの酒を、氷を入れたグラスに注ぎ始めたミトモが眉《まゆ》を顰《ひそ》める。

「それを見越して大原が沖縄に連れて帰りました。ほとぼりが冷めるまで近くで見守るつもりのようです」

「……っ」

そういうことだったのか、と瞬は今更納得していた。もらったメールにはそのあたりのことの詳細は書いていなかった。

りか自身、相当怖い思いをしただろうし、心の傷も深かろうから、当分実家で過ごすのかと思っていたが、大原は彼女を守るために沖縄に連れ帰ることにしたということか。

本当に自分は理解力がない。落ち込みそうになっていた瞬は、ミトモに声をかけられ、はっと我に返った。

「で、坊やは？　今日も水割り？」

「す、すみません。はい。薄めでお願いします」

この間のように、ほぼ原液では明日の業務に差し障《さわ》る。びくびくしながら申請すると、

「お子様ね」

と馬鹿にされはしたものの、頼んだとおり薄い水割りを作ってくれた。

「アタシもいただいていいかしら」

「勿論《もちろん》」

徳永にシナを作って問い掛け、笑顔で返事をもらったミトモは嬉しそうにしていた。

「ありがとう」

手早く自分用にもロックのグラスを作ると、

「それじゃ、乾杯」

とそのグラスを差し出してくる。

「今回もお世話になりました」

丁寧《ていねい》に礼を言う徳永のグラスに、ミトモは自分のグラスをぶつけると、

「いいのよ」

とまたもシナを作り、ついでのように瞬のグラスにもぶつけてきたあとには、彼の視線は徳永に固定された。

「運営側にも赤池組の息がかかった人間がいたとのことですが、アプリ利用者の個人情報もやはり、流出していたんでしょうか」

徳永がミトモに問うのを聞き、瞬はまたも、声を上げそうになった。自分もそれを案じていたのだとミトモの答えを待つ。

「当然、組には漏《も》れていたけど、赤池組は外に流出はさせていなかったみたい。入手した個人情報使って、あれこれあくどいことをやろうとしていたようよ。余所《よそ》にはおいしい思いをさせたくないと思ったんじゃないかしらね」

「それを聞いて安心しました」

言葉どおり、徳永が安堵《あんど》した表情となっている。瞬もまた安心したのは、登録していた佐生の個人情報の流出が結果として免れたとわかったためだった。

思えば佐生がサクラにばかり当たったのは、本人は人気の子にばかりコンタクトをとろうとしたからだと言っていたが、有名私大に通い、親は著名な政治家、叔父《おじ》は大病院の院

長というバックグラウンドを知られていたからではないだろうか、と瞬の頭にその考えが浮かぶ。

佐生にマッチングアプリの登録を勧めたのは大学の友人だった。もしやその友人も赤池組に雇われていたのではないか。

サクラを集めるのと同様に、周囲の金持ちを登録させる。佐生は友人に売られたのでは。

「あの、赤池組が雇っていたバイトは、全員判明したんでしょうか」

目立たないようにしようと思っていたはずが、心配の余り佐生はつい、ミトモに聞いてしまっていた。

ミトモが眉を顰めたのを見て、そもそも彼に仕事の依頼をしたのは徳永で、自分は一銭も払っていないと気づき、慌てて今の発言を取り消す。

「すみません、なんでもありません。忘れてください」

「佐生君を心配してのことだろうが、彼の周囲にバイトをしていた人間はいなかったぞ」

横から徳永が答えてくれる。

「ありがとうございます。よかったです」

心から安堵したものの、彼が購入した情報を共有してもらったのは申し訳なかった、と瞬は頭を下げた。

「すみませんでした」

「謝る必要はない。俺もそこは心配だったんだ」

徳永が笑って、ぽん、と瞬の頭に掌《てのひら》を載せる。

「前に亡くなった佐生一郎《いちろう》が少し話題になったことがあったじゃない？　そのときに一人息子の現在についての情報が出回ったみたいよ。作家志望なんですって？」

と、意外にもミトモのほうから瞬に話しかけてきた。

「あ、はい。そうなんですが……」

佐生という名字《みようじ》はありふれたものではないし、父のことで話題にはなりたくないと、佐生はペンネームを使っていたはずだった。なのに作家志望であることまで広まっているのかと青ざめた瞬に、ミトモが言葉を足す。

「本人が合コンとかで喋《しやべ》ってるんじゃないの？　気をつけるよう言ったほうがいいわよ」

「ありがとうございます。言っておきます」

「あやしげな出版社にも気をつけるようにね」

「はい」

担当がついた出版社は大手であるし、特別扱いはされていないようである。大丈夫だよなと心の中で確認を取っていた瞬の前で、ミトモが同情的な声を出す。

「有名人の息子というのもなかなかやっかいよね。本人が隠したい場合でも、自然とバレちゃうものだし……でもまあ、逆にいい思いをすることもあるわよ」

と、最後は明るく話を切り上げると、計ったかのようなタイミングで、カランカランとカウベルの音が店内に響き、聞き覚えのある声が店内に響く。

「お、徳永に瞬じゃねえか。最近よく会うな」

入ってきたのは新宿西署の刑事、高円寺《こうえんじ》だった。彼と共に店内に足を踏み入れた男を見て、瞬はぎょっとしてしまったのだが、それはその男もまた高円寺に負けず劣らず、美男子でありながらも、まるでヤクザのような出で立《いた》ちをしていたからである。

「あらひーちゃん、結構お久しぶりじゃない？」

どうやら常連客らしく、ミトモが声をかける。

「おう。相変わらず閑古鳥《かんこどり》が鳴いてんな」

よく響くバリトンは美声といっていいが、男の目つきは悪い。絵に描いたような三白眼《さんぱくがん》だ、とつい注目してしまっていた瞬の視線に気づいたのか、じろ、と睨《にら》まれてしまった。

「若い子怖がらせるんじゃないわよ。ほら、座って」

迫力ある睨みに瞬が臆したのをミトモは面白がり、男を瞬の隣に座らせようとする。

「ひーちゃん、この二人は俺と同業だ。徳永に瞬、こいつは俺の三十年来の腐れ縁のダチでひーちゃん。ヤクザじゃねえから安心してくれ」

高円寺は紹介の労を執《と》ってくれたが、『ひーちゃん』という愛称のみで、名字《みようじ》を告げることはない。二人はここに来る前に既に飲んでいるらしく、かなり酔っ払っているように瞬の目には映っていた。

「は、はじめまして」

「おう。上条《かみじよう》だ」

名乗ってくれたおかげで名字がわかった、と心の中で呟《つぶや》く瞬の横では徳永が、

「はじめまして、徳永です」

と笑顔で会釈《えしやく》する。

「ミトモの好みのタイプだな」

上条は笑ってそう言ったが、笑っていても三白眼の目は怖い、と瞬は密かに首を竦《すく》めた。

『ひーちゃん』という可愛《かわい》らしい愛称は似合わないが、ミトモも高円寺も呼び慣れているようだし、本人も受け入れているように見える。

「酒くれ、酒。今夜は飲まなきゃやってられねえんだよ」

「タチの悪い酔っ払いねえ。せっかく徳永さんといい雰囲気《ふんいき》だったのにさ」

ミトモは文句を言いながらも高円寺のボトルを後ろの棚《たな》から取り出そうとする。

「我々はそろそろ帰ります」

徳永がスツールから降りたのを見て、瞬もまた慌てて立ち上がった。

「悪いな、騒いじまって」

財布を取り出そうとする徳永に、高円寺が拝む素振りをしつつ謝ってくる。

「今日はミトモさんに謝礼を払いに来ただけなので」

そろそろ帰るところでした、と、徳永は微笑《ほほえ》むと、財布から一万円札を出しテーブルに置いた。

「またお待ちしているわ」

いつでも来てね、とミトモに見送られ、徳永と瞬は高円寺と、そして彼の連れに挨拶《あいさつ》をしてから店を出た。

「印象的な人でしたね」

あの三白眼は怖かった、と、瞬が徳永に声をかける。

「噂《うわさ》で聞いたことがある。特捜部の検事じゃなかったか。しかもやり手と評判の」

「えっ」

徳永がぼそりと呟いたのを聞き、瞬は驚いたせいで大きな声を上げていた。

「マジですか」

周囲の人間が振り返るほどの大声を上げたことに気づいたのは、徳永が睨んで寄越したからだった。

「す、すみません」

「ヤクザのような身なりに三白眼、名字は上条……おそらく間違いないと思う」

「検事……高円寺さんも刑事というよりはそっち系に見えますが」

類友《るいとも》、ということなんだろうかとただただ感心していた瞬を徳永が振り返る。

「うちで飲み直すか」

「あ、はい。喜んで」

つい、居酒屋のような返しをしてしまったが、飲み足りないのであればなぜ店を出たのだろうと、瞬は心の中で首を傾《かし》げた。

「酔っていたからかもしれないが、上条さんは身分を明かさなかっただろう。我々があの場にいたら、『飲みたい気分』だという愚痴《ぐち》も口にしづらくなるだろうからな」

「なるほど……」

高円寺も自分たちを『同業』とは紹介したが、特殊能力係であることまでは説明しなかった。それぞれの立場を思いやったがゆえに、最初は上条の名字すら明かしていなかったくらいである。

がさつに見えて大人の気遣いができる高円寺と、それを正確に見抜いた上で気遣いを返す徳永。どちらの気遣いもまったく見抜けなかった自分を情けなく思うと同時に、目標にしたい部分が更に増えた、と瞬は改めて徳永に尊敬の眼差《まなざ》しを向ける。

「酒はあるがつまみはない。何か買っていくか」

「はい。コンビニ寄りましょう」

「遅くなったら泊まっていいぞ」

「ありがとうございます！」

貴重な時間を共に過ごすことで、一歩でも二歩でも近づきたい。いや、近づいてみせる。決意の言葉を心の中で熱く告げ、密かに拳を握り締める瞬の心の声が聞こえてでもいるかのように、徳永は目を細めて微笑むと、頑張れといわんばかりに瞬の肩をしっかり握り締めてくれたのだった。

集英社オレンジ文庫をお買い上げいただき、ありがとうございます。
ご意見・ご感想をお待ちしております。

● あて先
〒101-8050　東京都千代田区一ツ橋2-5-10
集英社オレンジ文庫編集部 気付
愁堂れな先生

逃げられない男
～警視庁特殊能力係～

集英社
オレンジ文庫

2021年10月25日　第1刷発行

著　者　愁堂れな
発行者　北畠輝幸
発行所　株式会社集英社
〒101-8050東京都千代田区一ツ橋2-5-10
電話【編集部】03-3230-6352
【読者係】03-3230-6080
【販売部】03-3230-6393（書店専用）
印刷所　凸版印刷株式会社

ISBN 978-4-08-680410-3 C0193